日雇い浪人生活録㊃

金の権能

上田秀人

角川春樹事務所

目次

江戸のお金の豆知識④

江戸の大工、ひと月の生活収支

江戸時代の代表的な職業のひとつで、左官、鳶(とび)とともに「華の三職」ともてはやされた大工。火事の多い江戸の街では、手に職があれば仕事に困ることはなかった。親方に弟子入りし、一定の修業期間を経て技術を身につけ、一人前と認められた。充分妻子を持てる収入であり、ひとり身であれば贅沢に暮らせた。本資料は、独身を謳歌する江戸の大工の暮らしをイメージし、表にした。

設定

時代：本書同様寛延(1748～1751)のころ
収入：1万2500文(手間賃＝日割りで500文として)
実働日数：約25日(節季や悪天候の日は休み)
家族構成：独身一人暮らし
生活：真面目ながら、江戸っ子の粋を重んじ、また「宵越しの金は持たない」暮らし

支出(概算)	
家賃(長屋)	300文
食費	6000文(三食ほぼ外食、おやつ、飲み代なども含め、1日200文で計算)
湯屋	600文(湯屋1回6文。毎日2回通い、湯屋二階の休憩所に寄ることも想定)
髪結	300文(1回30文、3日に1回として)
娯楽、遊興費	3000文(相撲･芝居見物、岡場所代など)
雑費	500文(蠟燭、油、炭など)
衣料費	800文(古着、足袋、草履など)
慶弔費	500文(独身なので少なめに見積り)
黒字	500文(余剰金は壺に入れ、味噌桶や炭箱とともにしまうなどしていた)

※この表は、江戸後期(享保以降)の資料をもとに作成したものです。
同じ資料から事例を拾うのは困難であるため、複数の資料を参考にしました。

日雇い浪人生活録〈四〉

金の権能

主な登場人物

諫山左馬介……親の代からの浪人。日雇い仕事で生計を立てていたが、分銅屋仁左衛門に仕事ぶりを買われ、月極で雇われた用心棒。甲州流軍扇術を用いる。

分銅屋仁左衛門……浅草に店を開く江戸屈指の両替屋。夜逃げした隣家（金貸し）に残された帳面を手に入れたのを機に、田沼意次の改革に力を貸すこととなる。

喜代……分銅屋仁左衛門の身の回りの世話をする女中。少々年増だが、美人。

加賀屋……江戸でも指折りの札差。分銅屋の手中にある帳面を狙っている。

徳川家重……徳川幕府第九代将軍。英邁ながら、言葉を発する能力に障害があり、側用人・大岡出雲守忠光を通訳がわりとする。

田沼主殿頭意次……亡き大御所・吉宗より、「幕政のすべてを米から金に移行せよ」と経済大改革を遺命された。実現のための権力を約束され、お側御用取次に。

お庭番……意次の行う改革を手助けするよう吉宗の命を受けた隠密四人組。明楽飛騨、木村和泉、馬場大隅と、紅一点の村垣伊勢（芸者加壽美）。

安本虎太、佐治五郎……目付の芳賀と坂田の支配下にあり、独自に探索も行う徒目付。

佐藤猪之助……南町奉行所定町廻り同心。御用聞きの五輪の与吉に十手を預ける。

第一章　監察の思惑

一

　他人を斬る。

　戦国の昔なれば、手柄とされた行為も、泰平の世では罪になる。だが、罪というのは、法を司る者がそれを知って初めて成立する。言いかたは悪いが、見つからなければ罪ではないのだ。そして見つかっても咎められなければ、やはり罪にはならない。

　あからさまに己を殺そうとした旗本田野里の家臣井田を返り討ちにした諫山左馬介は、町奉行所に目を付けられて罪人になりかけたが、田沼主殿頭意次の差配で助かった。

しかし、刑罰が与えられないとはいえ、左馬介の心にかかった負担は大きかった。

「一つの家を潰した」

左馬介の一撃を受け、死に瀕した井田が遺した恨みが、家を潰されたというものであった。

「子の心配でもなく、妻への想いでもなく、ただ家が絶えることだけを怖れた」

親の代からの浪人である左馬介には考えられなかった。左馬介は天涯孤独の身である。父も母もすでになく、兄弟姉妹は最初からいない。その日暮らしの浪人者のところへ嫁ぐような物好きもない。

「遺すものもなく、遺す相手もない。そんな吾に……」

一日働けば、一日生きていける。明日の保証はどこにもない。生まれてこの方、そうやって日々をしのいできた。己一人の命に責任を持てばすむ浪人に、武士の考えは重すぎた。

「他人を斬る。それは未来も断つことだった」

妻も子もいない左馬介に、未来はない。己が死ねば、諫山という家の名前は絶える。もちろん、左馬介もわかっている。ただ、まだまだ先の話で、現実として考えていなかった。

その未来がなくなるということを、左馬介は井田という侍によって、体験し、教えられた。その衝撃は左馬介を打ちのめしていた。

「無理もないとは思いますがね。いつまでも後悔していてはいけませんよ」

浅草門前町で両替商を営む分銅屋仁左衛門がため息を吐いた。

「……………」

左馬介は分銅屋仁左衛門から目をそらした。

「情けないとは言いません。人を殺すということがどれほど重いか、わたくしには経験がないですからね。ただ、後悔だけは人後に落ちないだけの数をしてきましたから、これだけは言えます。後悔はなにも生みません。ただ、無駄なときを費やし、己の心に負担をかけるだけ。すんだことは、さっさと忘れることです」

分銅屋仁左衛門が助言をした。

「忘れられるものではない」

左馬介が首を横に振った。

「一人を殺しただけでも辛いのに、その妻、子、どころか、その孫以降の子孫にまで、絶望を突きつけてしまったのだ」

「それがどうしました」

悔やむ左馬介に、分銅屋仁左衛門があっさりと返した。

「な、なっ……」

あまりの冷たい反応に、左馬介が絶句した。

「人を殺すために襲うというのは、返り討ちに遭う覚悟ができているという証です。己は助かって、確実に相手を仕留められるなんて話はどこにもありません。あの侍、井田とか言いましたか、あやつは女房、子供のことも賭けて、諫山さまに挑み、負けたんです。それともなんですか、殺されてやるべきだったとお考えで。そうでしたら、おつきあいは今日までとさせてもらわなければなりません」

分銅屋仁左衛門が厳しい目をした。

「どれほど不格好でも、生き抜いていこうという意欲のないお方に、用心棒なんぞお願いできませんから」

「………………」

言われた左馬介は黙った。

人は生きていて当たり前である。誰も死にたいと思って生きてはいない。なんの思いや目的がなくても、人は生き続けていくのだ。

飯を喰う、夜眠るも生きていくためのものであった。

「殺しに来た奴に慈悲を与えるなんて、今時の坊さんでもしませんよ」

分銅屋仁左衛門が続けた。

「わたくしは生きたい。それもいい毎日を送りたい。一生懸命働いて、金を稼ぎ、うまいものを喰い、美しい女を抱く。これ以上の目的がありますか。ないでしょう。人の、いや、男の願望なんぞ、皆、同じ」

「たしかに」

左馬介も同意した。

浪人は働かねば生きてはいけない。なにもしなくても禄という名前の生活の費用が支給される武士とは違うのだ。働いた金で米を買い、長屋の店賃を払い、余った金を集めて遊女を抱ければ文句はない。父を失い、一人になってからずっとこうやって左馬介は生きてきた。

「目的はなくとも生きてはいる」

「なにを言われるやら。目的のために生きるのではありませんよ。生きるのが目的なんでございます。ただ、その生きていく日々に彩りが欲しいから、金を稼いだり、出世を望んだりするだけ。将軍さまだとて、生きていればこそ尊ばれる」

「生きていくのが目的か」

「はい。人はいつか死にます。こればかりは将軍さまでも、日本橋越後屋の旦那といえども避けられません。権力でも金でも、寿命は寿命、延ばせない」

確認した左馬介に、分銅屋仁左衛門が首肯した。

「人の一生の目的は、日々を生きること。それを阻害しようなど、言語道断でございましょう」

「そうだな。拙者もまだ死にたくはない」

分銅屋仁左衛門に雇われて、ようやくまともな生活になった。明日の米櫃の心配をしなくてもすみ、雨漏りの心配もない住居も得た。

いわば、諫山左馬介の人生で最高の状況にある。この安楽を失うのは辛い。

「死んだ者の負けなんでございますよ。その代わり死人はなにもしなくていい。明日の米を稼ぐことも、風呂へ入って身体を洗うこともしなくていい。生きている者は、その分の苦労を背負っている。死人よりも、生きているほうが大変なんでございます」

「まさに、まさに」

ようやく左馬介の心は軽くなった。

「では、お払いしているだけのお仕事をしていただきましょう」

「わかった。生きていかねばならぬのだからな」

左馬介が立ち上がった。

「一回りしてこよう」

「お願いしますよ」

手をあげた左馬介を分銅屋仁左衛門が送り出した。

両替商は、大判や小判を分金、朱金、銭へと崩す、あるいはその逆をおこない、手数料を稼ぐ商売であった。とはいえ、その手数料だけではさほどの利を生まない。いつのころからか、金を扱う両替商は、金貸しも営むようになった。

金貸しは儲かる。金を貸すだけで利息が手に入る。返済が滞れば、金を貸すときに預かった担保を取りあげればいい。

担保のある商人、担保はなくともそうそう潰れない大名などを相手にする金貸しは、大きな利を生んだ。

町中で庶民を相手に、百文、二百文の小金貸しをしている者のように、踏み倒されたり夜逃げされたりする危険も少ない。

分銅屋も両替商というより、金貸しとして知られていた。

大名貸し、豪商貸しで財を築いた分銅屋には、金と担保として預かった物品を保管する蔵が林立していた。少し離れたところからでも、蔵は目に付く。

「分銅屋には金がうなっている」

噂も広がっている。

当然、分銅屋を狙った盗賊や、たかりなどは多かった。

「なにもないな」

左馬介は裏木戸を出ると、まず辺りを注意深く観察する。路地に面している裏木戸は、他人目に触れにくい。だけに盗賊などがなにかしらの細工をしでかすことがあった。

さりげなく置かれた桶が塀を乗り越える踏み台として使われたり、隣家の普請を装ってはしごなどが準備されていたりする。他にも裏木戸の閂へ切れ目を入れたり、塀の釘を目立たないていど抜いたりして、強く押せば潰れるようにしているときもある。

「……大丈夫だ」

左馬介は裏木戸付近を確認し終え、表通りへと回った。

「店先を見張っている者もいないな」

押し込み強盗を考えている者は、店に何人の人がいるかを知りたがる。十人の奉公人がいるところへ、二人で押し入っては負けてしまう。五人しかいないと思っても、その五人が武術の遣い手かも知れないのだ。

数十人で大槌や刀などを用意して、襲いかかるならそのようなことを気にしなくてもいいが、できるだけ静かに、町方に知られずに仕事を終えたいと考える盗賊ならば、そういった準備は怠らない。

左馬介は、足を止めずに店の周りをゆっくりと回った。

「おかしなところは見当たらぬ」

戻ってきた左馬介が分銅屋仁左衛門へ報告した。

「ご苦労さまで」

分銅屋仁左衛門がねぎらった。

「昼餉の後、一度長屋へ帰らせてもらう。湯屋もすませたいので、夕餉までには戻ってくる」

食事も報酬のうちである。一度でも逃すつもりはない。左馬介は分銅屋仁左衛門に、休憩を求めた。

「よろしゅうございますよ」

あっさりと分銅屋仁左衛門が認めた。

二

左馬介の長屋は分銅屋仁左衛門の持ちものであり、まだできあがって間もなく、この辺りでも上等の部類に入る。

「…………」

独身者の左馬介である。帰宅したところで、出迎えてくれる者がいるわけでもない。

無言で戸障子を開け、左馬介は雪駄(せった)を脱いだ。

「水は……そろそろ替えるか」

左馬介は台所の水瓶(みずがめ)を覗(のぞ)きこんだ。

長屋の生活でもっとも大事なのは、水であった。大きな水瓶だからまだ大丈夫と油断していると、水が腐って大変な目に遭う。

左馬介は、水瓶のなかの水をあるていど捨てて、重量を軽減すると抱えて長屋の井戸へと運んだ。

「まずはなかを洗って……」

水瓶を空にした後、左馬介は束子(たわし)でなかをこすった。

「……よし。あとはすすいで、水を入れれば……」

一人暮らしの水瓶である。分銅屋の台所にあるような巨大なものではないが、それなりに重い。左馬介は汗を掻いていた。

「おや、諫山さまではございませんか」

隣の長屋の戸障子が開き、なかから女が顔を出した。

「……加壽美どの」

左馬介は一瞬反応が遅れた。

「水替えでござんすか」

柳橋芸者の加壽美が左馬介を見つめた。

女が男の顔をじっと見る。これは惚れているか、なにかしてもらいたいことがあるか、欲しいものがあるかのいずれかであった。

「加壽美どのの水瓶もお預かりしようか」

左馬介は渋々ながらそう言った。

「お願いします」

加壽美がしなを作った。

「しばし、待たれよ」

己の水瓶を左馬介はまず、台所へと戻した。

「お邪魔をする」

それから左馬介は、加壽美の長屋を訪れた。

「すいませんねえ」

申しわけなさそうに加壽美が頭をさげた。

「……まったくだ」

長屋のなかに入った左馬介が文句を言った。

「おぬしならば、吾よりも簡単に水瓶を持ち上げるだろうに」

「か弱い女にそのようなまねができるわけなかろう」

加壽美の口調が変わった。

「か弱いだと……」

水瓶を持ち上げかけた左馬介が、一度力を抜いた。

「お庭番が、か弱くて務まるわけなかろう」

左馬介があきれた。

「女には違いあるまい」

胸を誇示するようにして、加壽美が反論した。

「むっ……」

いろいろあって、遊郭に行けていない左馬介が、思わず加壽美の胸に見惚れた。

「……これだから、男は」

気づいた加壽美が首を左右に振った。

「……………」

あきれられた左馬介が急いで水瓶を持ち上げた。

柳橋芸者の加壽美とは、世を忍ぶ仮の姿で、そのじつはお庭番村垣伊勢であった。

村垣伊勢は、田沼主殿頭意次の命で分銅屋仁左衛門と左馬介の見張りをしていた。

もともとこの長屋には村垣伊勢が住んでおり、隣家に左馬介が来たのは偶然であった。

「少しはましな顔になったの。昨日はひどかった」

苦労しながら水瓶を井戸へと運ぼうとしている左馬介に、村垣伊勢が話しかけた。

「やはり気づいていたな」

左馬介は嘆息した。

「顔を合わせた覚えはないのだが」

長屋の天井裏は共通している。そこから村垣伊勢が左馬介の長屋へ入りこんだことがある。そのことを暗に左馬介が責めた。

「見たい面ではないが、これも任だからの」

皮肉を村垣伊勢はあっさりと流した。

「任……か。やはり武家は……」

家を守るためにはなんでもするのが武士だと井田によって気づかされた左馬介は、
村垣伊勢の言葉に頰をゆがめた。

「なんだ」

村垣伊勢が、左馬介が黙った先を問うた。

「……気にせんでくれ」

もう一度話をする気にはならないと、左馬介は水瓶を持って村垣伊勢の長屋を出た。

長屋の井戸は共用であった。そもそも江戸の水は、幕府が敷設した水道に頼っている。玉川上水から引かれた水樋が江戸の市中まで引き入れられ、そこから家々あるいは長屋の共同井戸へと分岐している。

長屋の住人にとって、井戸はまさに命の水であった。

なかでも分銅屋仁左衛門の持ちものであるこの長屋は、かなりの上等であった。井戸にはごみが入りこんだり、人や動物が落ちないように蓋がされていた。その蓋の中央に釣瓶を入れる用の穴が開けられている。そこへ釣瓶を合わせ水を汲むのだ。

先日まで左馬介が住んでいた長屋などは、店賃が安い代わりに、井戸もほとんど放置されている状態で、蓋などなく、なんでも入り放題であった。

「……………」

くみ上げた水を一度確認しないと、ごみが入っているなど当たり前、運が悪ければ落ちて死んだ鼠が入っているときもあった。

それがないだけでも、この長屋はありがたかった。

「おい」

「なんでございましょう」

井戸はどこの家からも均等になるよう、長屋の中央に設けられている。さすがに朝の洗濯どき、夕方の炊飯どきではないので、女房連中の井戸端会議はおこなわれていないが、戸障子を開けて風通しをしている部屋からはよく見える。他人目があるところでは、村垣伊勢は柳橋芸者を隠れ蓑としている。口の利き方も、表情さえも変えて
村垣伊勢が首をかしげて見せた。

「この水、まだ新しいではないか。替えなくてもよかろうが」

声を潜めて左馬介が、水替えしなくてもよかっただろうと文句を言った。

「そんなもの、おまえと話をするための方便に決まっておろうが」

村垣伊勢も小声になった。

「勝手に屋根裏から来ればすむだろう」

いつもそうしているのに、今更なまねをと左馬介が嘆息した。

「嫁入り前の娘に男のもとへ忍ぶような、はしたないまねをせよと」

「…………」

「吾の美貌に見惚れたか」

じっと顔を見つめる左馬介に、村垣伊勢が笑った。

「いや、どの面でそのようなことを言うのかと思ってな」

左馬介が嘆息した。

「ふん」

鼻先で村垣伊勢が応じた。

「さて、これくらいでいいな」

新しい水とはいえ、汲んだばかりの井戸水には勝てない。左馬介は水瓶を洗い、釣瓶から流し入れた水で満たした。

「少し入れすぎたな」

左馬介は水を少し捨てた。

運ぶときに揺れてこぼしては、己が濡れる。着物が濡れては気持ち悪いが、着替えはない。すでに昼過ぎで七つ（午後四時ごろ）に近い。今から干していては、分銅屋へ出て行くときに間に合わなかった。

「情けないことをする」

他人目を気にしたのか、笑顔のままで村垣伊勢が言った。

「水をこぼすのは、身体の芯が揺れるからだ。しっかりと大木のように落ち着けば、どれほど瓶を満たそうとも、一滴の水もこぼれぬ」

村垣伊勢が軟弱だと非難した。

「塚原卜伝の逸話を知らぬと見える」

左馬介が小さく首を振った。

「塚原卜伝……剣神と呼ばれた、あの塚原卜伝のことか」

村垣伊勢が問うた。

「そうだ。天下の名人と讃えられた塚原卜伝のことだ」

一度水瓶を置いて、左馬介がうなずいた。

「逸話とはなんだ」

村垣伊勢が興味を見せた。

「塚原卜伝がその剣名を天下に鳴り響かせてからのことだ。弟子たちを連れて諸国を巡っていた塚原卜伝がとある城下町にきたとき、その行く手に一頭の暴れ馬が繋がれていた。弟子が、人と見ればかならず蹴りつけるという暴れ馬だと聞いてきた。町の人々も塚原卜伝ほどの名人であれば、あの暴れ馬が蹴ってくる前に見事な一閃で仕留めるだろうと興味津々であった」

「それで」

村垣伊勢が身を乗り出してきた。

「誰もが期待して見守るなか、塚原卜伝が動いた」

「…………」

さらに村垣伊勢が近づいてきた。

「……うっ」

性格は難ありだが、村垣伊勢の容姿は柳橋芸者として売れっ子になるだけのものだ。思わず、左馬介が動揺した。

「どうした」

「いや、なんでもない」

　話が途切れた理由を村垣伊勢が問い、左馬介が否定した。

「馬へと近づいた塚原卜伝は、大きく回って馬の脚が届かないところを通った」

「なんだと……」

　左馬介の話に村垣伊勢が啞然とした。

「弟子たちも見物の者たちも、おぬしと同じ思いを抱いたであろうよ」

「なにがあったのだ」

　夢中になった村垣伊勢が左馬介に身体を押しつけた。

「近い、近いぞ」

　左馬介が柔らかい感触に慌てた。

「なんじゃ、女の身体なんぞ珍しくもなかろうが」

　不満そうに村垣伊勢が離れた。

「わかっていてやっていたとは、質が悪い」

　左馬介が顔を赤らめた。

「照れるな。話を最後まで聞かせよ」

　村垣伊勢が、先を話せと苦情を申し立てた。

「そうだったな。馬を避けた塚原卜伝に、弟子の一人が問うた。師匠ほどならば、暴れ馬など問題ではないでしょうにとな」

「で、どう答えたのだ、卜伝は」

さっさと結末を言えと村垣伊勢が急かした。

「不思議そうな弟子に、卜伝はこう言ったそうだ。なぜ、わざわざ危険に近づくのだ。どれほどの名人、上手であろうとも絶対はない。馬に注意している間に、弓矢で射られたら対応が遅れるであろう。君子危うきに近寄らずこそ、生き延びるための要件であるとな」

左馬介が語った。

「つまらん」

村垣伊勢がそっぽを向いた。

「わかったか。無理から難事にあたることをせず、易きを確実にするべきなのだ」

左馬介が最後に教訓を垂れた。

「わかったが、おまえに偉そうにされると、腹立たしい」

他人目に入らないところで、村垣伊勢が左馬介の足を蹴った。

「ありがとうございます。お疲れでございましょう。お茶でも」

水瓶を抱いた左馬介に続いて長屋へ戻った村垣伊勢が、少し大きな声で左馬介を誘った。

「ありがたし。遠慮なく頂戴しよう」

左馬介も応じた。

三

ここまであからさまなことを村垣伊勢がしたのは、なにか話したいことがあるのだろうと左馬介は読んでいた。

「田野里の一件については、主殿頭さまより委細は聞いた」

まず村垣伊勢が述べた。

「武士の矜持（きょうじ）を利用するとは、さすがは主殿頭さまである」

村垣伊勢が田沼主殿頭意次を称賛した。

「それで……用件はなんだ。そろそろ仕事に戻らねば、湯屋へ行くだけの暇がなくなる」

本題を聞かせてくれと左馬介が促した。

「田野里の家臣を斬ったのは、そなたじゃ」

「ああ」

左馬介は認めた。なにせ村垣伊勢はあのとき、田野里の家臣と左馬介の戦いを見ていたのだ。嘘を吐いても意味はなかった。

「町方に目を付けられたであろう」

「ああ。何度も町奉行所の手下や同心に絡まれた」

一つまちがえれば旗本の家臣を殺したとして、左馬介は死罪になっていたかも知れない。左馬介は嫌な顔をした。

「あれ以降はどうだ」

村垣伊勢が問うた。

「……今のところ、なにもないな」

少しだけ考えて、左馬介は首を横に振った。

「ふむ」

腕を組んで村垣伊勢が思案した。

「なにかあったのか」

今度は左馬介が訊いた。

「徒目付が二人出た」

「えっ」

意味がわからず、左馬介が唖然とした。

「そうか、徒目付がわからぬか」

村垣伊勢がため息を吐いた。

「徒目付は、目付の配下でな。御家人のなかで武術に長けた者から選ばれる。なかには隠密のように身形を替えたりする者もいる」

「……身形を」

少し、左馬介は引っかかった。

「思い出したか、かつておまえが相手した者も徒目付だった」

「あの分銅屋を襲ってきた浪人風の男たちか。あれが徒目付だと」

「おそらくの」

村垣伊勢が確定ではないと述べた。

「なにぶん、なにも語らなかったのでな、あやつらは」

「やはり、あのとき連れ去ったのは、おぬしであったか」

尋問したと告げた村垣伊勢に、左馬介は目を大きくした。

分銅屋を襲った浪人に扮した徒目付と戦った左馬介は、あやうく殺されるところだった。それを村垣伊勢に救われた。

両足を潰し、逃げられないようにした徒目付を残し、表へ回った左馬介は、壊れそうになった大戸を見ただけであった。その後、裏へ戻った左馬介は、倒れているはずの徒目付の姿がなくなっていることに気づいた。

「徒目付に狙われる覚えは」

「ないわ。拙者はただの浪人だぞ。浪人は町奉行所を怖れねばならぬが、徒目付などという役人とは、なんらかかわりがない」

左馬介の言い分は正論であった。目付の権は浪人に及ばない。目付は大名と旗本の監察であり、庶民には手出しできない。当然、徒目付も庶民の相手はしないはずであった。

「甘いぞ」

村垣伊勢が首を左右に振った。

「目付は大名、旗本を監察する。そのためならば、なんでも許されている」

「なんでも……」

剣呑(けんのん)な表現に左馬介は眉をひそめた。

「そうだ。たとえば、とある旗本に賄(まいない)を贈っている商人を捕まえることも、自白をさせるために拷問することも厭わぬ」

「そんなことが……」

「できるのだ。商人は町奉行の管轄だが、誰も抗議をしない。下手に目付へ逆らって、己のあら探しをされては困るからだ。殿中の席次では町奉行が格上だが、目付を敵に回すのはまずい。町奉行にまで出世するには、いろいろとしてのけているからの。それを探り出されては、まずかろう」

「なんともはや」

村垣伊勢の語る城中の事情に、左馬介は脱力するしかなかった。

「なんでもできる。いや、なんでもする」

「そうだ。それが目付じゃ」

確認した左馬介に、村垣伊勢が首肯した。

「主殿頭さまだな」

「……………」

思い当たるのはそれしかない。左馬介が田沼主殿頭の名前を出したのに、村垣伊勢は何も言わなかった。

「どうすればいい」

左馬介は尋ねた。

「ずいぶんと素直だな」

意外そうな顔を村垣伊勢がした。

「主殿頭さまには恩がある。町奉行所の役人たちを押さえてもらった恩が」

左馬介に迫っていた町方役人たちは、旗本の家臣を殺したと疑っていた。

事実そうなのだが、それを田沼主殿頭は変えて見せた。田野里という旗本をおだて上げて使い、刺客として出した家臣を不都合を起こし逃走した者で、上意討ちにしようとしていたと偽証させた。

武家は主君が絶対である。主君は家臣の生殺与奪の権を持つ。上意討ちは罪でもなんでもなく、主君の正当な権利の行使なのだ。

上意討ちを持ち出されてしまえば、町奉行所ではどうしようもなくなる。どれほど左馬介が疑わしくとも手出しできない。

「けっこうだ」

村垣伊勢が左馬介の言動を認めた。

「ならば、囮になってもらおう」

「囮だと」

「そうだ。徒目付は田野里の上意討ちが本当かどうかを調べている。かならずや、町奉行所に疑いを持たれたおまえのもとにも来る」

「正面からではないだろう」

「当たり前だ。堂々と身分を明かして来るわけなかろう。田沼主殿頭さまはお側御用取次だぞ。下手に手出しをして怒らせれば、上様のもとへ話が行く」

「上様に言いつけるということだな。簡単に言えば」

「……少しは主殿頭さまへ気を遣え」

あっさりと言葉を下卑させた左馬介に、村垣伊勢が注意をした。

「目付といえども将軍さまには勝てぬか」

「当たり前じゃ。すべての武家は上様のお言葉に従わねばならぬ。目付がどれほど大きな権を持っていようとも、上様より任を解くと言われればそれまでじゃ」

村垣伊勢が述べた。

「寵臣とはそこまで力を持つもの」

左馬介は目を剝いた。

「目付といえども寵臣には遠慮する。いや、せねばならぬ。しかし、これがよろしくないのだ」

小さく村垣伊勢が嘆息した。

「なにが悪いのでござる」

左馬介が首をかしげた。

「目付はの、旗本の俊英から選ばれる。選ばれただけで、優秀だと幕府が証明したのも同じ。当然、目付たちの矜持は高い」

「なるほどの。矜持が高い目付にしてみれば、寵臣ほど目障りなものはない」

「うむ」

村垣伊勢が首肯した。

「目付は寵臣がかかわると一層熱心になる。たとえ上様でもかばいようのない証拠を突きつける」

「上様でもかばいきれないほどの証拠……」

「田野里の一件など最高だろう。主君の鑑(かがみ)が、そのじつは田沼さまのご指示で家臣を見捨てた後始末でしかなかったとなれば、さすがにまずい。幕府は忠義を根本としている。その忠義のために死した家臣を、主君が吾(わ)が身かわいさに罪に落としたとあっては、幕府の規範がくずれる」

「来ると言われるか、目付が拙者のところにも」

不安そうな顔を左馬介は見せた。

「浪人ものなど、いくら責めてもどこからも文句はでない」

「それはそうだが……」

村垣伊勢の発言に、左馬介が嫌そうな顔をした。

「おぬしを守るものはない」

「あらためて言われるときついな」

言われた左馬介が大きくため息を吐いた。

「表向きはだ」

にやりと村垣伊勢が笑った。

「美人でもその顔はいただけぬな」

左馬介が首を横に振った。

「……ふん」

面白くなかったのか、村垣伊勢が鼻を鳴らした。

「助けて欲しくないのだな」

「勘弁してくれ。いつどうなるかわからぬ浪人ものだとはいえ、他人の都合で殺されるのは嫌だ」

大きく腕を振って、左馬介は抗議を表した。

「しかたあるまい。田沼さまのご命じゃ」

不承不承(ふしょうぶしょう)といった顔で村垣伊勢が引き受けた。

「では、話は終わりだ。いつまで女の部屋にいるつもりだ。出て行け」

村垣伊勢が犬を追い払うかのように手を動かした。

四

徒目付は目付の配下である。御家人のなかでも武芸達者と言われている者が選ばれる。役高は百俵、五人扶持(ふち)が与えられた。定員は四十名内外、職務は御家人の監察と目付の指示に従っての探索でなっている。

「浅草の両替商分銅屋を探れ。報告は余に、おらぬときは坂田(さかた)氏にせよ」

目付の芳賀(はが)からそう命じられた徒目付佐治五郎(さじごろう)と安本虎太(やすもととらた)は目付部屋から、玄関右側にある徒目付番屋へ移動した。

徒目付番屋は二百俵高の組頭(くみがしら)が支配する。すなわち目付の目も耳もない。ここの奥ほど上役の悪口を言って問題のないところはなかった。

「組頭どの、奥を使ってよろしいか」

佐治五郎が徒目付番屋の当番をしている組頭に求めた。

「芳賀さまのお指図か。よいぞ」

組頭が許した。

「ありがたし。行こう、安本」

「ああ」

二人の徒目付が番屋の奥にある小部屋へと移った。

「さて……」

安本虎太が、佐治五郎と向き合った。

「今回のことどう見た」

「相田と向坂（さきさか）、初川らの後始末であろう」

佐治五郎が答えた。

「やはりそう考えるか」

「となると……」

「三人とも死んでいるだろうな」

安本虎太が苦い顔をした。

「不意な遠国御用は珍しくないが、あまりお目付から言われることはない」

隠密も兼ねる徒目付には、江戸を離れて地方へと出向くこともままあった。これを常御用といい、外様大名の謀反の噂があるとか、遠国奉行の不正が疑われるとかでなければまず出されず、そのほとんどは老中から直接徒目付へ命じられた。

「なにを考えておられるのかの、お目付さまは」

「お手柄を欲しがられるのはいい。お目付さまがたは、ご出世なさっていかれるものだからな。しかし、それに我らを巻きこむのは止めて欲しいものだ。たかが五人扶持で命まで懸けられるわけなどない」

「ああ。そのうえ、手柄はすべてお目付さまのもので、我らには出世の糸口にもならぬ」

腹立たしげに言う安本虎太の後を佐治五郎が受けた。

「かといって、働かねば咎められる」

「だの」

目付には徒目付を罰する権があった。

「やらねばならぬのは確かだが、お目付さまの狙いはどこに、いや誰にある」

「わからぬ」

佐治五郎の問いに、安本虎太が首を横に振った。

「それがわかれば、手の打ちようもある」

「売るか」

「うむ。目付が狙っておりますと告げるだけで、話は変わる」

確認した安本虎太に佐治五郎が同意した。

「ただし、相手次第だ」

「わかっている。お目付を売った我らをかばえるくらいでなければ、己で己の首を絞めることになるからな」

安本虎太の念押しに、佐治五郎が首肯した。

「と決まれば、とりあえず分銅屋の一件について知っている者のもとへ出向くとしようか」

「南町奉行所であったかの」

「たしか廻り方同心の佐藤猪之助とか申したはず」

二人は町方書上という、江戸市中で起こった事件や事故を町奉行所が目付部屋へ報告した書付を芳賀から見せられていた。

「行こう」

「おお」

顔を見合わせて二人がうなずいた。

南町奉行所定町廻り（じょうまちまわ）同心佐藤猪之助は、浅草で殺されていた旗本田野里の家臣、井田が上意討ちにあったとは思っていなかった。

「どこをどうしたら、こういう話に持って行けるかわからねえが、下手人は分銅屋に雇われている浪人ものに違いねえ」

佐藤猪之助は左馬介のことを疑っていた。

「へい」

「主命を守らなかったので、折檻（せっかん）したら逃げ出したというが、ありゃあどう見ても首の骨が折られている。首の骨が折れた者が、浅草まで逃げ出せるはずはねえ」

御用聞きで佐藤猪之助から十手を預けられている五輪（いつわ）の与吉（よきち）が同意した。

「あの浪人が使う鉄扇（てっせん）が得物（えもの）だろう」

「おそらくは」

絶対と言えないのは、鉄扇でできる傷を佐藤猪之助も五輪の与吉も見たことがないため、判別ができないからであった。

「与吉、あの浪人ものを見張れるか」

「やれと言われれば、やりますが。ですが旦那。もう、お奉行さまから手出しはするなと釘を刺されたんじゃございませんか」

訊いた佐藤猪之助を五輪の与吉が諫めた。

「悔しいじゃねえか」

佐藤猪之助が歯がみをした。

「たしかに、腹立たしいことでござんす。しかし、お奉行さまの決定に異はまずうござんすよ」

五輪の与吉も同意した。

「ああ、ことはすんじまった」

小さく佐藤猪之助が肩を落とした。

「終わりやした」

「くそったれがよ。苦労が無になっちまったぜ」

繰り返した五輪の与吉に、佐藤猪之助がため息を吐いた。

「ちょっとつきあえ」

「どちらへ」

「浅草で憂さ晴らしよ。酒でも飲まなきゃやってられねえ。井筒屋へ行くぜ」

「井筒屋とはありがたいことで」

佐藤猪之助が飲みに誘い、五輪の与吉が喜んだ。


町方同心はどこから見てもすぐにわかる独特の風体をしていた。

黄八丈の着流しに、黒紋付きの羽織、それも巻き羽織を身につけている。走ったときや、犯人を捕縛するときの動きを邪魔しないよう、羽織の裾を短くしたのが巻き羽織であり、これは町方同心以外は身につけていない。

また髷も独特のものであった。町方与力や相撲取りほど大きく開いてはいないが、大銀杏と呼ばれる髷の先を扇のようにしている。目立つことこのうえなかった。

その上、一日歩いただけで白く埃にまみれる紺足袋を履いている。

「率爾ながら、お伺いをしたい」

浅草近くなったところで、佐藤猪之助に声がかかった。

「なにか」

声をかけられた佐藤猪之助が顔を向けた。

「貴殿が南町奉行所同心の佐藤どのであろうか」

相手が武家のため、佐藤猪之助の言葉使いは固かった。

「これは失礼をした。拙者、徒目付の安本虎太と申す」

武家が名乗った。

「徒目付どのが、拙者に御用でござるか」

名乗りを聞いた佐藤猪之助が怪訝な顔をした。

「役儀によってお訊きしたいことがござる」

「……役儀」

御家人を監察する徒目付は、町方同心も担当している。佐藤猪之助が緊張した。

「ああ、貴殿にはなにもござらぬ」

危惧していると悟った安本虎太が首を横に振った。

「……ならば結構でござる。では、なにを」

佐藤猪之助が肩の力を抜いた。

「貴殿でござるな、田野里どのが家臣の死を担当されたのは」

「いかにも、拙者でござる」

安本虎太の確認に、佐藤猪之助が首肯した。

「聞かせていただいてもよろしいか」

「それはお役目のうえでござるか」

佐藤猪之助が問うた。

「いかにも」

「よろしゅうござる」

徒目付に反発してもろくなことはない。佐藤猪之助はうなずいた。

「なんでも聞いていただきたい。拙者の知る限りをお答えいたす」

憤懣を持っていた一件である。佐藤猪之助は腹いせもあって、全部しゃべると応じた。

「かたじけなし。では、お願いいたす」

「承知。ことは……」

促された佐藤猪之助は、端から話し始めた。

「……以上でござる」

かなりのときをかけて佐藤猪之助は一部始終を語った。

「いや、畏れいる」

安本虎太が、佐藤猪之助と五輪の与吉の執念に感心した。

「町方とは、そこまでせねばならぬのだの。いや、そのご苦労をお察ししますぞ」

ねぎらうような口調で安本虎太が二人を慰めた。

「おわかりくださるか」

同情してもらった佐藤猪之助が感激した。

「今少し、尋ねさせていただいても」

「我らでわかることならば」

佐藤猪之助がうなずいた。

「分銅屋仁左衛門は、どなたか要路の御仁のもとへ出入りしておるのかの」

疑惑の中心に安本虎太が喰いこんだ。

「諸家にかなりの貸し方があるように聞きまする」

「ふむ。今時の商家ならば、大名貸しは当然でござるな」

安本虎太が首を縦に振った。

大名貸しとはその名の通り、金に困っている大名へ融通することだ。

泰平が長く続いたことで、武家も庶民も贅沢(ぜいたく)を覚え、消費が増えている。消費が増えれば需要と供給の問題から物価はあがる。

対して収入には差が付いた。ものの遣(や)り取りが増えれば、仲介することで儲けを得る商人は裕福になる。当然、売れるものを製造する職人も仕事が増える。しかし、武士は別であった。武士は決められた禄で生活するのだ。それが百万石の大名であろうが、百俵の御家人であろうが、変わりはない。先祖が手柄で得た領地、知行、扶持は子々孫々までよほどのことがなければ保障される。一度の失敗で一家離散の目に遭う商人に比べて、なんともありがたいことだが、これは同時に物価の高騰に収入が追いつかないとの証でもあった。まだ物価が安かった幕初の収入で、今を生きるのは厳しい。慶長のころに数十文で買えた鰹が、片身で一分、およそ一千五百文になっているのだ。これは初鰹という特殊なものの例だが、それほどでなくともほとんどのものは値上がりしている。

　他に質実剛健だった幕初の武士は使わなかった脇息、敷物、手あぶりなども当たり前になっている。

　結果、収入の範囲で生活できなくなる。

　もともと武士は、金を卑しいものとしていた。戦場で命を惜しんでは手柄は立てられないし、武士としての恥にもなる。いつ戦場で果てても、思い残すものがないように、日頃の生活を送る。常在戦場が武士の心得であった。そんな潔さに、足かせをはめるのが金であった。遣いきれなかったものを残して死ぬのは惜しいと考えるようでは、武士として欠ける。そのものが跡継ぎの子供ならいい。武士は家を残す者なので、子供を大事に思うのは当たり前だからだ。しかし、それが他のものになれば、未練者として非難された。それが武士の表道具の銘刀でも同じである。そして、これらを惜しいと思うには、手に入れていなければならない。手に入れるには金が要る。

金が未練の代名詞になった。

となれば、武士は金を考えないようになる。結果、単純な計算さえもできなくなり、遣いすぎる。

足りなければ、借りればいい。最初にそう考えたのが誰かはわからないが、大名たちは不足した収入を御用商人からの借財でまかなった。

御用商人たちも貸した。なにせ相手は大名であり、そう簡単に潰れないのだ。幕府の末期養子の禁の緩和もそれを助長した。

今や、商人から金を借りていない大名など片手で数えられるていどで、ほぼすべての大名が借財をしていた。

「他には」

「……そう言えば」

安本虎太に重ねて問われた佐藤猪之助がしばらく考えたあと、思いついた。

「誰じゃ」

「お側御用取次の田沼主殿頭さまが、最近何度かお見えだと聞いたことがござる」

佐藤猪之助が告げた。

「……田沼さまか、お側御用取次の」

安本虎太がうなった。

お側御用取次は、将軍の側近中の側近である。さらに田沼家は八代将軍吉宗にしたがって紀州藩士から旗本になったものだ。吉宗の長男家重にしてみれば、信頼できる腹心といえた。

「これぐらいでよろしいかの」

佐藤猪之助が安本虎太の顔色を窺った。

「いや、かたじけない。またなにかあらば、よしなに頼む」

安本虎太があっさりと引いた。

「では、これで。行くぞ、与吉」

「へい」

佐藤猪之助が五輪の与吉を促して、去っていった。

「…………」

二人の姿が見えなくなるまで安本虎太はずっと見続けていた。

「ずいぶんな名前が出てきたな」

安本虎太が独りごちた。

五

田沼主殿頭意次は多忙な毎日を送っていた。

将軍家重へ目通りを願う者すべてを取り次ぐのが、お側御用取次の仕事である。当たり前のことだが、誰それが目通りを願っております が、どういたしましょうと伺いを立てるだけならば、お側御用取次は不要になる。それこそ従来のように、小姓あるいは小納戸にさせれば事足りる。

お側御用取次は、七代将軍家継が幼かったことで政をおこなえず、執政衆にまるなげとなっていた幕府の現状を憂いた吉宗によって創設された。

「よきにはからえ」

なにもわからず、老中たちの奏上をそのまま認めていた家継の行為が前例となり、どのような些末なこと、あるいはいささかよろしくないことも、将軍にさえ報告してしまえばそれで認められたとの形を吉宗は変えた。

　吉宗は衰えた幕府の威厳を回復することを自らの使命としていた。

　その最初として、吉宗は将軍親政を始めた。

「たかが紀州の田舎者が」

「五十五万石と八百万石では、政の規模が違う」

「分のほどを思い知らせてくれよう」

　いきなり幕府のすべては将軍の決裁が要ると体制を変えた吉宗に、老中たちは反発した。

「どれ、お手並み拝見とするか」

　老中たちは、吉宗への嫌がらせとして、どのような些細なものでも決済を求めるようにした。

「……こういたせ」

　当初はまともに相手をしていた吉宗だったが、ひっきりなしに持ちこまれるどうでもいいような問題に手を取られ、考えていた幕政改革を始められなくなった。

「そちらが躬の邪魔をするというならば……」

　吉宗はお側御用取次という役目を新設、紀州から連れてきた腹心をそれに就けた。

「今後、躬への目通りはすべて御用取次がおこなう」

将軍の決定となれば、老中といえども反対はしにくい。もちろん、異国に戦争を仕掛けるだとか、今更ながら薩摩を征伐するなどと言い出せば、別である。

「腹心の居場所を作ってやったのだろう」

まったく警戒していなかった老中たち役人は、すぐにその考え違いに気づいた。

「そのような用件、お取り次ぎいたしかねまする」

老中の用件でさえ、お側御用取次は拒否した。

「身分をわきまえよ」

咎めたところで、将軍の指示にしたがって役目を果たしているだけなのだ。いかに老中といえども、どうしようもなかった。

老中や諸役人の嫌がらせを排除できた吉宗は大倹約令を発布、空っぽになった幕府の金蔵を満杯に戻して見せた。それほどお側御用取次の役目は重い。

「これはなんとしてでも上様のお耳に」

そう考えた者は、お側御用取次による門前払いを怖れる。

「明日、お目通りを願いますが、その内容はこれこれでございまする。なにとぞよろしくご配慮を」

こうして役人たちは、お側御用取次にこびを売るようになった。

「……拝見つかまつりました。今、上様はご休息をお取りでございまする。終わられ次第、お通しいたしますので、しばしお待ちを」

田沼主殿頭意次は目通りを求めて来た勘定奉行に待機を言い渡した。

「かたじけない」

勘定奉行が安堵した。

「そういえば、屋敷にお気遣いをいただいたそうで、かたじけなし」

思い出したように田沼意次が礼を述べた。

「いやいや、いつもながらご忠勤のよし、感嘆いたしておりまする」

田沼意次の働き振りを勘定奉行が称賛した。

勘定奉行は幕府の金すべてを扱うだけでなく、関八州の支配、主要街道の維持などをおこなう。もっとも幕府で多忙とされ、寺社奉行、町奉行とともに評定所へ出務し、政にもかかわる。やはり金を扱うことで、三奉行のなかではもっとも格下とされるが、町奉行が求められない限り評定所での会議に参加できないのに対し、勘定奉行は出席を義務づけられている。

まさに幕府の屋台骨を支える重要な役目といえる勘定奉行が、田沼意次の機嫌を取る。ここからみてもお側御用取次の力がどれほど大きいか、よくわかる。

「では、お通りあれ」

先客が御休息の間から出てきた。それを見送った田沼意次が、勘定奉行を促した。

「ごめん」

勘定奉行が、将軍家重の居室、御休息の間へと伺候した。

「次は、おお、貴殿か。毎日、精勤なことだ」

田沼意次が次の目通り願いの役人へと目を向けた。

お側御用取次の任は、そのほとんどが午前中で終わる。これは将軍の執務がおおむね午前中で終わり、昼からは趣味などで過ごすようになっているからであった。

「本日のお目通りは、終了いたしましてございまする」

田沼意次が御休息の間下段に手を突いて報告した。

「く、くろほ……」

「苦労をかけたとのお言葉でございまする」

家重の口から言葉にならない音が出され、側に控えている側用人大岡出雲守忠光が訳した。

「かたじけなきこと」

額を畳に押しつけて、田沼意次が将軍のねぎらいに感謝した。

九代将軍家重は八代将軍吉宗の嫡子（ちゃくし）であった。身体も壮健で聡明（そうめい）な跡継ぎとして期待されていた。しかし、元服する前に熱病に罹患、命は取り留めたものの後遺症として言語が不明瞭となってしまった。

「跡継ぎをどうするか」

この状況に吉宗は大いに苦しみ、悩んだが、すでに嫡男として江戸城西の丸に入れている。いかに吉宗にはまだ二人の男子がいるとはいえ、入れ替えるとなると幕政の混乱が考えられた。

将軍の子供ともなると生まれてすぐに扶育役として、譜代（ふだい）大名が付けられる。付けられた大名にしてみれば、己の扶育したる男子が将軍になれば、後の出世は保証されたも同然になる。家重が将軍候補から外れたとなれば、次男宗武（むねたけ）、四男宗尹（むねただ）二人に芽が出る。

将軍とその兄弟では、大きな違いが出る。次男宗武、四男宗尹に付けられた者たちにとって、将来を左右する大事なのだ。

当然、争いが起こる。

紀州藩主から徳川本家を継ぎ、武士をはじめとするすべての民に倹約令という名の負担を強いた吉宗には、根強い反発がある。まだまだ改革を推し進めなければならない吉宗にとって、足下が揺らぐようなまねは避けたい。

吉宗はあえて家重をそのまま跡継ぎとした。

「お疲れでございましょう」

田沼意次が家重をねぎらった。

「そ、そち……」

「そちこそ、大変であったろうとの……」

またも家重の発言を大岡出雲守忠光が代弁した。

大岡出雲守忠光は、家重がまだ幼いころから小姓として仕えていた。幕臣すべてのなかで、もっとも家重と過ごした期間が長い。そのせいか、大岡出雲守忠光だけが家重の言いたいことを理解できた。

「大御所さまがお亡くなりになって以降、上様にはお見事なるご対処、この主殿頭、畏れいっておりまする」

「ま、だ、まああ」

家重が首を横に振った。

「………」

これは訳されなくとも、田沼意次にもわかった。

吉宗は、己の跡を家重がなんとか継げるようにいろいろな手を打っていた。まだ年老いたというほどでもないにもかかわらず、将軍を家重に譲り、大御所となったのがその最たるものであった。

吉宗は家重を将軍とすることで、未だに宗武、宗尹を擁立しようとしている者たちに引導を渡すとともに、家重の周囲の者に経験を積ませようとしたのであった。

吉宗は言語が不明瞭な家重には、将軍親政ができないと読んでいた。なにせ、家重の意思を理解できるのが大岡出雲守忠光だけなのだ。これでは、家重の意思が肯定なのか、否定なのか、本当のところが他の者にはわからない。

家重の意思だといいながら、そのじつ大岡出雲守忠光の考えということがありえてしまう。少しでも疑義があれば、将軍親政への信頼が揺らぐ。

吉宗は家重を支えてくれる有能な人物を育てることにし、まず将軍側近としての経験と覚悟を付けさせようとした。

こうして吉宗は大御所になった。だからといって、吉宗は政を手放しはしなかった。いや、手放せるほどの経験が家重をはじめとする側近たちにはない。吉宗は大御所として、家重側近たちを教えながら、改革を進めていた。

しかし、最高意思決定の権を持つ将軍と、老中や若年寄などの集団体制では差異がありすぎた。

将軍親政だと、吉宗の一言が、そのまま幕府の決定になる。だが、集団となれば、意見の統一を図るという行動が要る。

そして、利害はまず一致しない。かかわる人が増えれば増えるほど、意見は一致しない。一つのことを決めるのに、さんざんもめるなど当たり前、下手すれば調整が付かず廃案になるときもある。

もちろん、多人数で検討することの利点もある。一人の思いこみによる失敗が避けられる。

だが、改革を強行するには即断即決が適している。吉宗が推進した倹約を柱とする改革は、大きな成果を残したが、その死とともに緩やかに崩れ始めていた。

「み、みのち」

「上様」

言いかけた家重を、大岡出雲守忠光が止めた。

「…………」

家重が黙った。

「ご無礼ながら、上様はそのお言葉を口にされてはなりませぬ。上様は天下人であらせられます。天下人にはそれだけの責任がございまする」

大岡出雲守忠光が諫言した。

「う、うむ」

家重が首肯した。

「……………」

主君と寵臣の遠慮ない遣り取りを、田沼意次は無言で見ていた。

「すまぬ、主殿頭」

大岡出雲守忠光が詫びた。

「いえ」

なにも付け加えるべきではないと思った田沼意次が首を左右に振った。

「そ、そち」

「なにか奏上することはあるか」

家重の問いを、すばやく大岡出雲守忠光がくみ取った。

「お願いをいたしたき儀がございまする」

田沼意次が両手を突いた。

「も、もうしえ」

　家重が許した。

「悪評を身にまといたく存じまする」

「……な」

　田沼意次の言上に家重が目を大きくした。

「どういうことか」

　大岡出雲守忠光も驚愕した。

「お側御用取次をいたしましてより、いろいろなところからものをもらうようになりましてございまする」

「それは余も同じだ」

　将軍ただ一人の寵臣なのだ。とくに大岡出雲守忠光は将軍の代弁者でもある。なんとか己のつごうのよいように話をまとめてもらおうと思う者は多い。

「ゆえに気づきましてございまする。金やものを贈って参った者は、断れば敵になりまする。逆に受け取れば、仲間と思うのでございましょう。秘密も口にいたしまする」

「…………」

「共犯意識か……」

「はい」

驚いたままの家重と確認するように呟いた大岡出雲守忠光に、田沼意次がうなずいた。

「大御所さまのご遺言を果たすには、かなりの無茶をいたさねばなりませぬ」

「武家を米から金へと代えるとなれば、反発は大きいな」

田沼意次の説明に、大岡出雲守忠光が同意した。

米の穫れる土地を知行として、あるいは領地として武家は生きている。その知行や領地を取りあげ、給金に代えようというのが吉宗の考えであった。

「昨日まで一万石の大名だったのが、今日から四千五百両取りと言われては戸惑いましょう。一石一両で精米の目減りを一割としてでございますが」

大岡出雲守が家重へ説明をした。

「四千五百両取りの譜代大名……一万石の大名とは別ものでございますな」

田沼意次も同意した。

「百万石の前田だと四十五万両か。すさまじい金額だが、百万石というとてつもない規模を思わせるほどの力はない。反発も当然」

「ふむう」

言葉のしゃべれない家重もうなずいた。

「そもそも武士は土地に価値を見いだし、金を見下しておりまする。それをまず変えねば、なにも始まりませぬ」

「金の価値を上げると」

説明した田沼意次に、大岡出雲守が確認した。

「さようでございまする」

田沼意次が家重を見上げた。

「ま……せる」

「任せると仰せである」

家重の発言を、大岡出雲守が訳した。

「かたじけなきお言葉でございまする」

認められた田沼意次が平伏した。

「賄賂(わいろ)を持って来た者を優遇いたせば、誰もが知りまする。金を渡せば出世ができると。さすれば、皆が金を大切にいたしましょう」

「そな……のか」

言った田沼意次に家重が眉間を曇らせた。

「上様は、そなたに悪名が付くことになるとお気になされておられる」

大岡出雲守が家重の思いを伝えた。

「金さえだせば、なんでもする。田沼意次は金に汚い。武士の風上にも置けぬ。などとの悪評を一身に引き受けることになる。いや、その身だけではない。兄弟や子供にもその評判は拡（ひろ）がってしまう。田沼という名前に傷が付く。それでもよいと」

家重の懸念を大岡出雲守が代わって口にした。

「徳川のためとあれば、些細なことでございまする」

悪評なぞ、気にもしないと田沼意次が答えた。

「なんという忠義」

大岡出雲守が感動した。

「そもそも田沼の家は、紀州家の足軽でございました。それも身体を壊しお役を務められぬと退身いたし、浪人となりました」

田沼意次が経歴を語った。

「浪人として他人の好意で生き延びて参りましたところ、幸いわたくしの祖父がその才を認められ、ふたたび紀州家への御奉公が叶（かな）い、大御所さまのお側近くにお仕えすることができました。その大御所さまが将軍となられ、お陰さまで田沼も旗本にお取り立ていただきました。もとは浪人、名前を残すことなど夢でしかなかったのでございまする。家名など、大御所さまのご恩に報いるためならば、いくらでも汚しまする」

　ぐっと田沼意次が胸を張った。

「み、……じゃ」

　家重が膝を叩いて、田沼意次を称賛した。

「見事だとお誉めである」

「畏れ多いことでございまする」

　訳されずとも家重の気持ちは田沼意次に伝わった。

「では、よしなにお願いをいたしまする」

　田沼意次が家重の前から下がった。

　お側御用取次は勤務の間、ずっと御休息の間手前の廊下で控えている。そこには小姓や小納戸もいるが、身分が違うため、あまり近づいては来なかった。

「……上様のお許しは得た」

廊下に座した田沼意次が呟いた。

「賄賂を取って、他人を出世させると言ったが、どうやるかの。まさか、江戸城中で金を出せ、手引きしてやるなどと言い触れて回るわけにはいかぬ」

田沼意次が悩んだ。

賄賂というのは難しい。露骨にやるのは目立ちすぎて目付などの介入を呼ぶ。かといって人知れずでは、田沼意次の意図は通らない。

「目付など歯牙にかけずともよくなるほど、吾が力が強くなれば話はすむのだが……」

いかに老中でも監察できるとはいえ、目付も役人でしかない。権力を持っている者に刃向かう怖ろしさはよくわかっている。

「とはいえ、今すぐ老中になれるわけでもなし」

老中になるには、絶対ではないとはいえ、あるていどの決まりがあった。五万石から十万石ていどの譜代大名で、長崎警固など領地に課せられた任のないもの、そこから五名ないしは六名が選ばれる。

また、家柄だからといっていきなり老中になれるものではなく、奏者番、寺社奉行、若年寄、大坂城代、京都所司代などを歴任してからになる。

「大御所さまでも大岡越前守どのを老中にはできなかった」

八代将軍吉宗の改革を支え、町奉行から寺社奉行、旗本から大名へと異例の出世をした大岡越前守忠相だったが、それ以上にはあがれなかった。吉宗が将軍を家重に譲って大御所となったというのもあるが、幕府開闢以来百五十年近く経つ間に前例と慣例が重要視されるようになり、特例は認められにくくなっている。

「あまり派手なまねをしては、余といえども危ない」

家重には計画を話し、了承を得ているとはいえ、公式にできるものではない。

「田沼主殿頭の所業、あまりでございまする」

目付からそう訴えられれば、家重も無視できない。一度や二度はかばってもらえるだろうが、それでも続けていれば、家重は悪臣を叱ることもできない暗愚な将軍だと言われてしまう。家臣として、それだけは認められなかった。

「地道に焦らず、始めるしかないな」

田沼意次が結論に達した。

「では、まずあの田野里を引きあげてくれよう。さすがに長崎奉行とはいかぬが、どこぞの遠国役、大坂城代添番心得か、さほどすることのない堺奉行くらいならば、どうにかなるだろう」

お側御用取次の力は老中でさえ、遠慮するほど大きい。

うまみのない役目に、誰かを押しこむくらいはできる。

「さて、その前に田野里へ釘を刺しておくか。ちと目端の利く目付ならば、田野里が攻めどころだと気づくであろうからな。あらかじめ教えておいてやれば、あの田野里でもどうにかできよう」

田沼意次は、田野里の下から窺うような目つきを思い出した。

「まあ、しくじってもよい。そのときは切り捨てればいい。大御所さまのご遺命に刃向かおうとする目付あたりと相討ちになってくれれば、それはそれでいい」

氷のような声で、田沼意次が漏らした。

第二章　建前と本音

一

目付は老中支配でありながら、その差配を受けない。

大目付の役目が形骸と成り、目付が幕政すべてを監察するようになったことで、老中までもその対象になったからであった。

とはいえ、実際に老中を目付が告発したことはない。当たり前である。目付だって出世したいのだ。

目付は千石高、旗本のなかでも俊英と認められた者が、さらに互選(たがいせん)を受けてようやくその座に就ける。任の厳格さから、一族との縁を切り、親でも訴追(そつい)する。もちろん、同僚といえども遠慮はしない。このことから目付には先達や組頭といった支配役はなく、ただ月交代で雑用をこなす月番があるだけで、今何をしているかを報告する義務さえなかった。

目付で役目を無事に果たした者は、小姓組頭や遠国奉行へと転じていく。そこから勘定奉行、町奉行といった顕職へ登り詰めた者も多い。

出世をするには、上司の機嫌を損なうわけにはいかない。目付としての役目で上役を告発すれば、反発を買う。

告発された当人は、罷免されるだろうから影響はほとんどないといえるが、他の役人たちの恨みと恐怖を買う。

とくに老中は幕政の頂点にあり、将軍でさえその職務をねぎらう。御三家でさえ気を遣い、百万石の前田をそなたと扇子の先で指し示せるのが老中なのだ。その矜持は高く、己ではなくとも老中という権威に傷を付けた目付を許しはしない。

「たかが千石ていどの旗本が老中に牙剝くなど、分をわきまえぬにもほどがある」

老中の憎しみを買う。

とはいえ、老中に手出しをした目付を辞めさせるわけにはいかない。それこそ報復行為と見なされ、老中の権威をより落とすことになるからだ。

では、どうするか。

「権に屈せず、法度を厳格に守った。まさに目付の鑑である」

「目付ではなく、一地方を預けるにふさわしい。遠国奉行にいたそう」

かえってその目付を褒め、出世させるのだ。

目付なればこそ、老中の復讐を免れていた。それが遠国奉行になれば、単なる配下になる。

「なんだ、この有様は」

「そなたを奉行にする前のほうが、ましであったな」

数年、放置しておけば、もう報復行為だと非難されることはなくなる。ちょっとややこしい地方を担当する遠国奉行には、なにかしらの問題が付きものである。どれほど努力しても、前任の後始末などの隙間を突けば、誰も文句は言えない。

「役目を解き、小普請組へと移す」

小普請組は無役の旗本、御家人の集まりである。役職手当はなく、逆に小普請金という江戸城の修理代を納めなければならなくなる。

なにより役目を解かれての小普請は、懲罰小普請と言われ、二度と浮かびあがれないのがほとんどで、目付として肩で風を切っていた旗本が尾羽うち枯らしていく。

実例があったわけではないが、そのていどのことを読めないようでは、目付などやっていられない。

結果、目付は老中への手出しをしないのが暗黙の決まりになった。

しかし、それ以外の若年寄、側用人などへは遠慮しない。なぜならば、若年寄や側用人は、次代の老中となるべき人材であり、現老中たちにとってみれば、足下を脅かす者でしかないからだ。

己の敵となるかも知れない者へ、監察の手が入る。老中にとって、これはありがたいものであった。

「徒目付（かちめつけ）どもの報告をどう見る」

目付芳賀が、同僚の坂田に問うた。

「言うまでもなかろう」

坂田がため息を吐（つ）いた。

「田野里の家臣であった井田は、分銅屋に雇われている浪人に殺された」

「うむ」

坂田の推測に芳賀が同意を示した。

「町方がよいところまで追い詰めていたところに、田野里の訴えがあった。結果、井田の死は、上意討ちということで決着がついてしまった」

芳賀も嘆息した。

「町奉行が認めてしまったうえからは、今更ひっくり返すわけにはいかぬか」

「やる気になればできようが、相当手間だな」

坂田の嘆きに、芳賀も首肯した。

町奉行所の決定に目付が異を唱えることはできた。とはいえ、町奉行という旗本の顕官を誤審で訴えるとなれば、それだけの証がいる。

いかに目付だからといって、心証だけで町奉行を訴えるわけにはいかない。強大な権力を与えられている目付だからこそ、その行使には公明正大さが求められた。

「浪人が手を下したという証拠を見つけるのは難しいな」

「町奉行所の協力はあてにできん」

己の失策を明らかにする手伝いをしろと言われて従う役人はいない。今回の一件を扱った南町奉行山田肥後守（ひごのかみ）はもちろん、北町奉行所も目付の求めには応じない。目付という他の役人に、町奉行所の職分を侵される前例を作ることになるからだ。

幕府において前例は大きい。いや、絶対といってもいい。前例があるものは、すんなりと通り、ないものはまず認められない。

目付の職でさえ、前例に縛られている。己たちは前例に従うが、おまえは破れは通らなかった。

「徒目付を使うのも無理だ」

目付の数に比して、徒目付が多いとはいえ、無限ではなかった。

江戸城下を走り回らせ、町方役人以上の探索をさせるには、二十や三十ではとても足りない。芳賀と坂田でそれだけの徒目付を占有することはできなかった。

「となれば、井田の一件はあきらめるしかないな」

「無念ではあるが、そちらから攻めるのは無理というしかない」

坂田の意見に芳賀も首肯した。

目付は町方ではない。いや、町方を不浄職として見下している。目付に町方役人のような地道な探索はできなかった。

「浪人は捨てよう」

「となると、田野里だな、次は」

二人が顔を見合わせた。

「田野里ならば、目付の範疇だ。いくらでもやりようはある」

芳賀が強い口調で言った。

二

諫山左馬介はようやくまともに働き出した。

「どれ、見廻ってこよう」

夕餉を台所で摂った左馬介は、そのまま庭下駄をつっかけた。

「お願いします」

女中の喜代が左馬介を送り出した。

台所から裏木戸まで、飛び石が置かれている。雨の日に足袋や裾をよごさないようにとの配慮だが、用心棒には別の使い道があった。

わざと下駄で飛び石を歩き、足音を立てるのだ。

こうすることで、己を目立たせ、ここには用心棒がいるから、狙うのは止めたほうがいいぞと盗賊などに報せているのである。

日中は多くの人が発する声や音に紛れてしまい、ほとんど意味がないため左馬介も庭下駄はあまり使わない。が、日暮れになるとその音は三軒隣でも聞こえるほどに響く。

用心棒として雇われているとはいえ、左馬介は荒事が苦手である。なにもなければないにこしたことはない。

たとえは悪いが、用心棒は番犬と同じでいい。忍びこもうとしたら犬が鳴く、犬に嚙まれる。だから、あそこの店を狙うのは止めよう。盗人たちがこう考えるからこそ、番犬の意味がある。用心棒もそうあるべきだと、左馬介は思っていた。

「こちらから危難を呼ぶ気はない」

飛び石を伝いながら、左馬介は独りごちた。

命は一つしかない。どれほどの金を積まれても、遺す相手のいない左馬介にはさほどの意味はない。

「どれほどいいお金をもらっても、使わずに死んでは意味がなかろうに」

用心棒がいても、かならず敵を撃退できるとはかんがえられない。

なかには問題なく盗人などを斬れるからという理由で用心棒を仕事にしている者もいるが、左馬介には理解ができなかった。

「人を傷つけるなど……」

左馬介は震えた。

盗人は商人にとって天敵であり、相容れない者である。商人たちが汗水を垂らし、知恵を絞って稼いだ金を、黙って盗みさる。

十年の儲けを一夜で持ち去られ、資金繰りが突かずに廃業した店も多い。なかには借財を返されず、娘を吉原(よしわら)に沈めたり、一家心中を果たすこともある。

それでいて、被害の回復はなされない。

町奉行所が盗人を捕らえることはままある。しかし、悪銭身につかずで捕まった盗人は金を費やしている場合がほとんどで、まず盗まれた財物は返ってこない。

老後のために金を貯(た)めているというような盗人はいなかった。

そもそも老後とは未来なのだ。未来のことを考えるような輩(やから)が、盗人などという刹那(せつな)に生きるようなまねはしない。

まれに盗んだ金を隠している盗賊もいるが、それが捕まったところで弁済はまずなかった。なにせ被害者が山のようにいるのだ。そのなかの誰かに返すという不平等なまねはできないし、全員に均等になれば盗られた金の多い者が納得しない。

結果、町奉行所が金を取り込んでしまう。返そうとすれば、被害者とその損失を特定し、文句が出ないように分配しなければならないのだ。そんな面倒を抱えこむよりは、なにもございませんでしたとして、町奉行所のなかで密(ひそ)かに分けてしまうほうが楽だし、儲けになる。

盗まれた金は、まず返ってこないというのが、商人の常識であった。

金は商人の命である。その金を奪って、返さない盗人は商人にとって、親の敵も同然である。

とはいえ、商人のほとんどは善良であり、血を見ることを嫌う。

商人が用心棒に求めるのは、万一のときの抵抗ではなく、万一を起こさないための抑止力であった。

「異状はございませんでしたか」

ふたたび台所から屋内に戻った左馬介を、分銅屋仁左衛門が迎えた。

「うむ。見たところ、こちらに注意を向けている者もいなさそうであった」

左馬介が答えた。

「それは結構でございます」

分銅屋仁左衛門が満足そうにうなずいた。

「さすがにそう再々なにかあっては困りますので」

「たしかに。拙者も身体が保たぬわ」

二人の意見が一致した。

「そういえば、加賀屋はどうしたのだろう」

思い出したように左馬介が問うた。

「なにもしてきませんね。脅しが効きましたか」

しつこく狙ってきた札差加賀屋に怒りを覚えた分銅屋仁左衛門は、直接相手の店へ乗り込み、盛大に脅しをかけていた。

「だったらよいのだがな」

左馬介が願望を口にした。

「田沼さまも加賀屋には釘を刺したと仰せでございました。さすがにお側御用取次さまを敵には回せますまい」

「田野里だったかの次が出てくることはないか」

左馬介は懸念を表した。

田野里は加賀屋に借りている金を棒引きにしてもらうという条件で、家臣の井田を刺客として左馬介を狙わせた。田沼意次の策で田野里は寝返ったが、札差の加賀屋に多額の借財をしている大名、旗本はまだまだいた。

「同じ手を使うほど……いや、しかねませんな。あの馬鹿なら」

加賀屋は代々の札差で、生まれたときから金の上に君臨してきた。苦労をせずに甘やかされて育った結果、なんでも思い通りになるのが当たり前だと考えている。

そこに分銅屋仁左衛門という敵が現れた。

最初は金をちらつかせて、分銅屋を支配しようとした。それを拒まれると、飼っている無頼(ぶらい)を使って分銅屋仁左衛門を痛めつけようとした。それも左馬介によって防がれ、怒り狂った加賀屋は、ついに旗本を動かしてまで、分銅屋仁左衛門を排除しようとした。

だが、そのすべてが失敗に終わっている。

「馬鹿と女に熱を上げている男に付ける薬はありませんからなあ」

小さく分銅屋仁左衛門が息を吐いた。

「まあ、加賀屋も気になりますが、それ以上に注意しなければならないのが、南町奉行所のお役人でございましょう」

「町方は田沼さまが抑えてくださったのだろう」

分銅屋仁左衛門の懸念に、左馬介が怪訝(けげん)な顔をした。

「田沼さまが手を打ってくださったのは、田野里の家臣一件だけでございますよ」

ゆっくりと分銅屋仁左衛門が首を左右に振った。

「ならば大丈夫であろう。分銅屋どのにも、拙者にも、それ以外の不都合はない」

左馬介が脅かさないでくれと言った。

「お忘れでございますか」

「なにを忘れていると」

言われた左馬介が戸惑った。

「隣家の火事でございますよ」

「火事……あれは燃え広がる前に消し止めたはず」

分銅屋仁左衛門の指摘に、左馬介は反論した。

火事とは、分銅屋仁左衛門が買い取った隣家で起こった。

隣家は貸し方屋と呼ばれる旗本専門の金貸しであったが夜逃げをし、その後を蔵の増築を考えていた分銅屋仁左衛門が購入した。その夜逃げした家の片付けに左馬介は雇われ、分銅屋仁左衛門との縁ができた。

その直後、空き家に火が放たれた。

「近所に飛び火もない火事は、届け出なくても問題はございませんが、付け火は別でございますから」

振袖火事をはじめとする大火で何度もひどい目に遭っている江戸で、火付けは大罪である。いかに小火で終わったとはいえ、分銅屋仁左衛門はその旨を町奉行所に届け出なければならなかった。

「普段ならば、こちらから言わないかぎり、町方のお役人も見て見ぬ振りをしてくださいますが、今回は田野里のことがございましょう。南町の同心佐藤猪之助さまでしたか、あのお方はずいぶんと悔しい思いをされたはず」

町方とのつきあいもある豪商として、分銅屋仁左衛門は佐藤猪之助の無念をよく理解していた。

「火事のことを突いてくると……」

「おそらく」

訊いた左馬介に、分銅屋仁左衛門がうなずいた。

「あのとき、空き家には諫山さましかおられませんでした」

「そうだな」

隣家に残されていた帳面が騒動の幕開けだったのだ。まだなにかあるかも知れないと考えた分銅屋仁左衛門の依頼で、左馬介は空き家に泊まり込んでいた。おかげで火事に気づいたとも言える。

「つまり、諫山さまが火付けの下手人だと言えなくもないわけで」

「ば、馬鹿なことを言わんで欲しい」

左馬介が蒼白(そうはく)になった。

「わたくしどもは、諫山さまがそのようなお方ではないと存じておりますが、町方役人はそう考えませぬ。あのお方たちは、適当に目星を付けてお縄にし、そのあと拷問で自白させればいいと思っておられますから」

「迷惑な話だな」

　露骨に左馬介が嫌そうな顔をした。

「それが御上というものでございますよ。御上というのは、それをしたら結果がどうなるかをお考えじゃございません。三年先、五年先を見据えず、今目の前だけを睨んでいる。このようなことを申しあげれば、田沼さまにも叱られましょうが、亡くなられた大御所さまも大いに迷惑な政をなさいました」

「大御所さまが」

　左馬介が驚いた。

「はい。あの方は倹約を厳しく申されました」

「たしかにそうであったな」

　分銅屋仁左衛門の言葉に左馬介は首を縦に振った。

「倹約が悪いのか」

　左馬介が疑問を呈した。

一日いくらで生きている浪人にとって、倹約は当然であった。相場の決まっている米はしかたないにしても、菜などは少しでも安い店を探す。店賃も多少古かろうが安いほうを選んで来た。

「無駄遣いは論外ですが、要りようなものまで削るのは、かえってよろしくございませぬ」

「要りようなものとは米とか、炭とかか」

「それも入りますが、ほかにもいろいろございますよ。衣服、遊興も」

「遊興も要るのか」

左馬介が不思議そうに尋ねた。

「要りようでございますな。芝居を誰も見に行かなければ、役者は喰えません。名所旧跡に足を運ばなければ、客で賑わっていた門前茶屋などが潰れまする」

「なるほど。影響を受ける者がいると」

「はい。他にも絹物を身につけてはいけないとなれば、蚕を飼っている農家、絹糸を扱う職人、機を織る女たちが職を失いましょう。職を失ったとして、次の仕事はすぐにございましょうか」

「……ないな」

仕事を探す苦労は、嫌というほどやっている。左馬介ははっきりと否定した。

「でございましょう。仕事をなくした者は、どうなります」

「女なら身体を売るだろう。男なら他人の財物を奪うか、物乞いをするか」

左馬介が告げた。

「言われてますが、つじつまは合ってますか」

分銅屋仁左衛門が笑った。

「なにがでござる」

わからないと左馬介が首をかしげた。

「皆が金を遣わないから、ものが売れなくなった。そのせいで仕事がなくなったから、女は身を売り、男は物乞いになる」

「そこになにが」

もう一度整理するように口にした分銅屋仁左衛門に、左馬介はますます困惑した。

「世間が金を遣わなくなったのに女を買いますか。己が喰いかねているのに物乞いに施しをしますか」

「あっ……」

左馬介が息を呑んだ。

「もっとも、女はまだどうにかなりますがね。男はどんなに貧しくとも女が要りますからね。蕎麦一杯の値段でもいいとなれば、一食抜いてでも欲望を発散させようという男が出てきますからね。吉原のように一回行くだけで一分だ、一両だとかかるようなところは、かなり厳しくなりますが」

「……………」

淡々と言う分銅屋仁左衛門に、左馬介はなにも言わなかった。

左馬介が前に住んでいた長屋には、身を切り売りして生きている女が何人かいた。吉原や岡場所に身売りするほどの借財はなかったが、食べていくだけの仕事がないか、あるいは吉原や岡場所での年季を終えて世間へ戻ったが、行き場所がないかのどちらかだ。

日中は普通の女と同様に、井戸端で米を洗い、洗濯をし、近隣の者と楽しく笑いながら話をしている。それが、夕方になるともとがわからないほど白粉を塗りたくり、手拭いを被るようにしたうえで、茣蓙を小脇に抱えて出ていく。

「おや、諫山さん、今日はもうお帰りかい」

そんなところに行き交うと、かならず声をかけてくる。

「どうだい、今日はまだ口開けで、誰も乗っかっちゃいないよ。十六文でいいからさ、どうだい」

「いや、今日は疲れた。人足仕事にありつけたのはいいが、こき使われてな」

さすがに隣近所の顔見知りを相手にそれはできない。

「そうかい。若い男がそれじゃ困るよ。疲れても女くらいは欲しがらないと、枯れちまうよ。おっと、雨が降りそうだから、急がないとね。さすがに露天で雨を背中に受けながら、女の上で腰を振ろうという男はそうそういないし」

断られても屈託なく笑って、夜の帳（とばり）が落ちかけた町へ消えていく女の姿は、左馬介に大きな衝撃を与えた。

「男が困るんですよ」

左馬介の感慨をおいて、分銅屋仁左衛門の話は進んでいた。

「日雇い仕事もなくなれば、男はすぐに喰えなくなります。物乞いだって数日やれば、どうしようもないとわかりますし。働けない、他人の慈悲ももらえない。米櫃（こめびつ）はとうに空、長屋の店賃も支払えず追い出されかけている。もう、逃げ場所はありません。そうなったら、諫山さまならどうなさいます」

分銅屋仁左衛門が訊いた。

「追い詰められたら、することは一つしかない」

左馬介が応じた。

「他人から奪う」

「そうなりますな」

言った左馬介に分銅屋仁左衛門がうなずいた。

「極端な話ですがね。倹約令が出ると盗人や押し借りが増えるのでございますよ」

「盗人や押し借りが増える。御上はそれに対してなにもなさらぬのでござるか」

結論を口にした分銅屋仁左衛門に、左馬介が尋ねた。

「なさると思いますか」

分銅屋仁左衛門が嫌そうな顔をした。

「対応すれば、倹約令が悪いと認めたことになりますからね。御上は知らん顔ですよ」

「町奉行所が忙しくなるだろう」

左馬介はあきれた。

「忙しくなったところで、人が増えるわけでもありませんからねえ。町方のお役人も、金をくれているところくらいしか、守ってくれませんし。御上にとって、町民はどうでもいいものでございますよ。年貢を納めてくれる百姓が逃げ出したら大騒ぎしますが、江戸の町人が大坂へ流れても気にもしない」

　分銅屋仁左衛門が吐き捨てた。

「ただ御上が気にするのは火事。火事は町屋で起こっても、武家地にまで及びまする。どころか、振袖火事にいたってはお城まで届きました」

「振袖火事といえば、明暦の大火だな」

　左馬介がたしかめた。

「はい。四代将軍家綱さまのころの出来事でございますが、本郷で始まった火が、風に煽られて江戸中へ広まり、最後にはお城の天守閣まで焼きました。十万人が焼け死んだとまで言われておりますな」

「十万人……」

　とてつもない数字に、左馬介が目を剝いた。

「その復興で御上の金蔵は空っぽになったと言いますからね」

「復興の金を御上が出してくれたのか」

　庶民が飢えようが、病で苦しもうが、幕府はなにもしない。稀にお救い小屋という屋根の下で眠れ、雑穀雑炊を一日二度喰えるだけの施設を設けることもあるが、まず手を差し伸べることはない。左馬介が驚いたのも無理はなかった。

「さすがに将軍のお膝元、天下の城下町が焼け野原では、外聞が悪うございましょう。それこそ、焼き討ちを受けたように見えますからね」

「将軍の権威にかかわるか」

説明を受けて、左馬介が納得した。

「はい。だからこそ、火事にはうるさい」

分銅屋仁左衛門が頬をゆがめた。

「火付けが捕まれば、火あぶりという大罪なのもそのため」

火あぶりは、磔柱に縛り付けられた罪人の足下に薪を積みあげ、焼き殺すというものだ。薪が燃え尽きた後、男なら睾丸、女なら両乳房を止めと称してもう一度焼くという念の入った無残な刑罰であった。

「町屋の火事でも目付が出張るのは、そのためか」

旗本と大名を監察するのが役目のはずの目付が火事をきっかけに分銅屋へ来るかも知れないという分銅屋仁左衛門の疑念が、左馬介のなかで解けた。

「はい。それ以外で勘定奉行、あるいは勘定吟味役の管轄の両替屋に目付は口出しできませんから」

分銅屋仁左衛門が首肯した。

「まずいのではないか。目付は旗本のなかの旗本と讃えられるほどの出来物なのでござろう」

「とはいえ、あまり心配はしておりません。なにせ隣はもう跡形もございませんし」

左馬介の心配を分銅屋仁左衛門が否定した。

隣家の内側が火事でぼろぼろになったというのもあり、分銅屋仁左衛門は大工を急かして、家を壊し、その上に蔵を建てさせた。

「なるほど」

左馬介は納得した。

「当家にはなにもないだろうが、近隣の噂とか、普請をした大工とかから、話が漏れることは……」

左馬介が懸念を告げた。

「近隣といったところで気づいていませんでしょう。多少、焦げ臭かったでしょうけど、家が焼け落ちたわけじゃありませんし。外見は諫山さまのお陰で無事でしたから」

当日、泊まりこんでいた左馬介がいち早く火事に気づいたことで、素早い対応が取れ、被害はほとんど障子や襖などの建具だけですんでいた。他にも、燃えたのが駿河屋という貸し方屋が夜逃げした空き家だったというのもある。夜逃げした後の空き家を買った分銅屋仁左衛門は、遠慮なく残されていた家財道具を売り払えた。夜逃げするような連中が、足の付く家財道具を持って行くはずもなく、また売り払ったからといって分け前を寄こせとは言ってこない。

なにより火事のとき、まず考える家財保護としての搬出がないのだ。家具を持ち出すから、近隣にばれる。燃えやすい箪笥や長持ちなどがなかったことも、火事を表沙汰にしなくてすんだ理由であった。

「大工はもっと安全ですよ。得意先を御上に売ってごらんなさい。そんな大工を誰が使いますか」

分銅屋仁左衛門が続けた。

「大工は家の図面も預かります。商家によっては隠し金庫なんぞを作るところもあります。その隠し金庫の場所も大工は知っている。当たり前ですね、大工が手がけるわけですから。その隠し金庫のことを大工が誰かに漏らしたらどうなります」

「盗人が大喜びするな」

左馬介が言った。

「同じことですよ。出入り先の商家の秘密を、それが御上だとしても渡せば……相手が御上ですから、表だっての非難は受けませんがね、いつ同じはめになるかわからないと他の商家から警戒されます。当然、なにかあっても、その大工には頼みません。町内で干されたら、大工は保ちません」

江戸はなににおいても町内でことがすむようになっていた。遊郭や見世物小屋などの遊興場所を除いた、湯屋、大工、八百屋、医者などが町内には揃っている。木戸で区切られた町内は、まず人の移り変わりがない。長屋でも親から子へとそのまま受け継がれていくのだ。町内全部が顔見知りと言える。商いもその顔見知りを利用し、日銭ではなく節季ごとの支払いという掛け売りがほとんどである。

そう、町内は信用でなりたっていた。

その信用を失えば、まず町内には居られなくなった。

「なるほど」

左馬介も親の代から、このあたりに住んでいる。さすがに浅草という繁華な場所だけに、すれ違う皆を知っているとはいかないが、湯屋で会う客のほとんどは顔見知りであった。

「では、あまり火事のことは気にしなくていいか」

「はい。気にしすぎては、かえって相手の注意を惹きかねません」

分銅屋仁左衛門が左馬介に釘を刺した。

「承知した」

左馬介が首を縦に振った。

三

徒目付の安本虎太と佐治五郎は分銅屋を遠くから見張っていた。小袖に小倉袴(こくらばかま)という砕けた身形(みなり)は、下町ならいくらでも見かける御家人として目立たない。探索方でもある徒目付には、身形をやつすという技能も求められた。

「どう見る」

佐治五郎が分銅屋の周囲を見廻る左馬介を指さして問うた。

「あの腰運びは、かなり遣うぞ」

安本虎太が答えた。

「分銅屋を探るとなれば、あの用心棒と遣(や)り合うことになる」

「ああ」

二人が難しい顔をした。

隠密とまでは言わなくとも、徒目付の探索はひそかにおこなわなければならなかった。

目付の指示で、他人の非違（ひい）を探るのだ。堂々と徒目付でござるとやっていては、つごうが悪い。なにせ同役さえも、陥れるのが目付なのだ。

確実にとどめを刺せるという証拠が集まるまで、目付の指示で動く徒目付の動きは秘されなければならなかった。

「どのていど遣えるか、試してみねばならぬな」

安本虎太が左馬介から目を離さずに言った。

「うむ」

佐治五郎も同意した。

「我らが分銅屋へ忍びこんだのを見抜かれては、面倒になる。気づかぬていどの腕ならば、隠れ蓑（かくれみの）代わりに使えるが……」

用心棒がいるのに盗人が入るはずはない。人というのは、己のつごうの良いように思いこむものである。

「やってみればわかる」

「だの」

二人が顔を見合わせた。

「どうやら、出かけるようだぞ」

「湯屋か」

数日、分銅屋を見張った二人は、左馬介の行動をほぼ把握していた。

「今から追いついて後ろからというのは、無理があるな」

「帰りを迎え撃とう」

二人の意見が一致した。

「行けそうであったときはやるか」

「前任者の仇討ちか、止めておけ」

安本虎太の提案を、佐治五郎が拒んだ。

「あやつが三人を討ったという確証はない。そもそも、相田も向坂も初川も徒目付のなかでも腕利きだった。だからこそ、芳賀さまに目を付けられたのだがな。その三人を一人でやれるほどならば、我らでは勝てまい」

「むっ」

冷静に言う佐治五郎に、安本虎太が不満げな顔をした。

「それに用心棒が斬り殺されれば、分銅屋が警戒するぞ。かえって仕事がしにくくなる」

「……そうだな」

佐治五郎に諭された安本虎太が引いた。

「とりあえず、腕を見るだけだ」

「酔っ払いが喧嘩を売った。その体で行くか」

左馬介の後を付けながら、二人が打ち合わせをすませた。

湯屋を堪能したくとも、左馬介は用心棒である。長く店を空けるわけにはいかなかった。

「そろそろ寒くなるな。そのときは長めに入りたいものだ」

少し前まで湯屋に行く金がなく、長屋の井戸で寒中でも水を被っていた左馬介だったが、贅沢になれ始めていた。

「……行くぞ」

わざと髪に土をなすりつけて汚した安本虎太と佐治五郎が、左馬介へと近づいた。

「…………」

浮かれていた左馬介が、剣呑な雰囲気の侍二人の気配を感じた。

「見たところ、浪人のようだの」

安本虎太が、左馬介の行く手を遮った。

「湯屋の帰りか、結構なご身分だな」

佐治五郎が素早く、左馬介の後ろに回りこんだ。

「なにか、拙者に御用か」

薄汚れた二人に、左馬介は警戒をした。

「なに、大したことではない。我らは天下の安寧を図るために奔走する幕府の家人である」

「我らが天下の泰平を守っていると言ってもまちがいではない」

安本虎太と佐治五郎が言った。

「それはご苦労に存じまするが、拙者になんのかかわりが」

左馬介が問うた。

「聞いていなかったのか。そなたがこうやって湯屋に行けるのも、我らが命を懸けて江戸の治安を守っているからだと申しておる」

苛立った声を安本虎太が出した。

「見てわかるだろう。役目が忙しく、我らはなかなか湯屋へも行けぬ。身体も汚れておる」


佐治五郎が左馬介の注意を安本虎太から逸らすように口を挟んできた。

「ふと見れば、そこに湯屋があるではないか。幕府家人として、これ以上汚れたままでおるのは心外である」

「ところが、見廻りをしている我らは、あいにく湯屋の木札を買うだけの金を持っておらぬのだ」


二人が交互に話をすることで、左馬介の集中を阻害した。

「…………」


左馬介は黙っていた。

「ここまで言えばわかると思うのだがの」


背後から佐治五郎が誘導するように言った。

「わからぬのか。これだから浪人は鈍いのだ。合力をせい」


安本虎太がきつい口調になった。

「金を貸せと」

「貸せではない。合力じゃ」


確認した左馬介に、安本虎太が返す気はないと告げた。

「あいにくだが、金はない」

左馬介が拒んだ。

「ほう、湯屋へ行くだけの金はあるのだろう。浪人で湯屋に行ける者などそうはおらぬぞ」

佐治五郎が笑った。

「よく見れば、そなたの髪は埃(ほこり)が付いておらぬ。ということは久しぶりの湯屋ではなく、通っているのだな」

久しぶりに湯屋へ行き、頭を一度洗ったくらいでは、汗や埃で汚れた髪はきれいにならない。どうしても脂が残り、髪同士がくっつくような感じになる。分銅屋で働くようになって、毎日湯屋に通った左馬介の髪は、脂っ気などと無縁であった。

「それだけの金が有りながら、我らに感謝の気持ちも表せぬというのは、いかがなものかの、佐川氏」

「これは少しばかり世間を教えねばならぬぞ、安田氏」

二人は偽名を使った。

「……なにをする気だ」

左馬介は緊張した。

「身のほどを教えてやるというのだ」

安本虎太が太刀を抜いた。

「こいつっ」

白刃のきらめきに、後ろへ下がりそうになった左馬介は、あわてて左へと身を傾けた。

「……ほう」

まっすぐ下がっていたらと思われる位置に、佐治五郎が太刀を擬していた。

「人通りのあるところで、なにをするか」

左馬介は大声をあげた。

「さっさと金を出していればすんだものを」

安本虎太が、口の端を吊り上げた。

「人を斬って無事ですむと思うのか」

まだ日が暮れてはいない。人の集まる湯屋近くだけに、騒動を見ている者の姿も多い。

「無礼討ちじゃ。浪人を斬ったところで咎められはせぬ」

佐治五郎が嘯いた。

「くっ」

浪人に無礼討ちという習慣はない。主を失ったとたん、武士は庶民になる。庶民に無礼という観念は認められていない。生まれついての浪人である左馬介に、無礼討ちという言葉は強い印象を与えた。

「抜かぬのか」

佐治五郎が、太刀の柄に手もかけない左馬介に問うた。

「竹光とは思えぬが」

貧しさから太刀を売り、代わりに竹を削ったものを腰に差している浪人は多い。拵えだけ見れば本物か竹光かわからないが、少し動けば重さの違いから、心得のある者には見抜けた。

「…………」

左馬介は腰にある鉄扇に手を伸ばさないよう、必死で我慢していた。

田野里の家臣井田は、鈍器のようなもので首を叩き折られて死んだと町方役人にはばれている。なんとか鉄扇を隠すことで、町奉行所同心佐藤猪之助の目をごまかした左馬介だけにうかつなまねはできなかった。

「どうした、太刀の抜き方も知らぬのか、浪人は」

安本虎太が挑発した。

「……………」

左馬介は応じなかった。

無礼討ちは武士が町人におこなうものだ。よほど身分に差がない限り、武士と武士の間に無礼討ちは成立せず、果たし合いになる。

浪人は庶民である。もし、左馬介が太刀を抜いたら、それは武士に庶民が抵抗しているとなる。相手が幕府御家人となれば、こちらに理屈があろうとも、抜いた段階で負けが決まる。

「町奉行所へ連れて行かれてはまずい」

なんとか左馬介を捕まえようとしていた同心佐藤猪之助が、これ幸いと尋問に来るのは目に見えていた。

「よしっ」

小さく呟いて、左馬介が身構えた。

「おっ、やる気になったか」

「おもしろい」

安本虎太と佐治五郎がおもしろそうな表情をした。

「……強盗だあああ」

息を吸いこんだ左馬介が大声を出した。

「斬り取り強盗が出たぞ。番屋へ報せろ」

左馬介がもう一度叫んだ。

「ちっ」

「こいつ」

佐治五郎と安本虎太の二人が舌打ちをした。

二人の身形は、浪人の左馬介よりも汚い。話を聞いていなければ、誰も御家人だとは思わない。浪人同士のもめ事だろうと、見て見ぬ振りをしていたその辺の男女が、反応した。

「自身番へ」

「きゃあああ」

たちまち浅草門前町の通りが騒然となった。

「退くぞ」

「おう」

太刀を二人が鞘へ戻し、短く言葉をかわした。

長引けば己たちに不利になる。町方役人が駆けつけて来ても、二人を大番屋へ連れてはいけないが、それでも身分はあきらかにしなければならなくなる。

「徒目付の誰と誰が、市中で騒動を起こしたのだが」

町奉行から目付部屋に苦情が持ちこまれては、面倒になる。

「命冥加な奴だ」

「その顔覚えたぞ」

最後まで無頼の御家人を装って、安本虎太と佐治五郎が去って行った。

「……大丈夫でござんすかい、分銅屋の先生」

「刀を抜いていましたけど、お怪我はございませんか」

二人が完全に見えなくなってから、人が左馬介の側に集まって来た。

「大事ない。気遣いかたじけなし」

薄情だと責めるわけにはいかない。誰でも真剣を抜いている侍には近づきたくはない。左馬介でも、同じような状況に遭えば、知らない顔で通り過ぎるか、目立たないほど離れたところで見物する。

「しかし、浅草門前町で、斬り取り強盗が出るなんぞ、何十年ぶりでございましょうかねえ。一度、わたしが若いころに辻斬りがあったんですが、あれは……」

最初から見ていたらしい老爺が唸っていた。

「御一同、ご助力感謝する」

物見高いは江戸の常、口々にいろいろなことを言ってくる野次馬の相手をしていては、きりがない。

一礼して左馬介は、その場を離れた。

四

急ぎ足で湯屋の前から離れた安本虎太と佐治五郎は、ふたたび分銅屋を見張れる場所へと戻っていた。

「どう見た」

左馬介の感想を佐治五郎が訊いた。

「あれは駄目だな」

安本虎太が、一言で切って捨てた。

「太刀を抜くだけの度胸はない。なにより、我らにあっさりと前後を挟まれた。心得のある者ならば、少なくともおぬしを背後には回さぬ」

「たしかにな。竹光ではないのに、太刀を抜かなかったのは、慣れていないのか、それとも抜くことで生じる面倒を嫌ったか」

　佐治五郎は少しだけ違った見方をしていた。

「どちらにせよ、肚が据わっているわけではない。あのていどの者が、相田らを倒したとは思えぬ」

「それは同意見だな。あの浪人は、人を殺すことに慣れていない。白刃を前にしても、殺気が出なかった」

　安本虎太の意見に佐治五郎がうなずいた。

「ならば、無視してよかろう。今夜にでも分銅屋へ忍びこみ、なかを探ろうではないか」

「いや、性急にことを進めるのはいかがかと思う」

　さっさと役目を果たそうという安本虎太を佐治五郎が制した。

「なにが気になっているのだ。急がねば、芳賀さまからお叱りを受けるぞ」

　目付は徒目付を便利な道具だとしか見ていない。身分が違いすぎるというのもあるが、目付は徒目付を監察できるのだ。気に入らなければ、一言で罷免できた。

「わかってはいるが、気になるのだ」

佐治五郎が苦い顔をした。

「咄嗟に声をあげ、人を集めるという行動を取り、遠巻きにしていた連中を動かした。あの機転が気に入らぬ」

「気にするほどのことではなかろう。人は危うくなったとき、思わぬことをしてのけるものだ。気にせずともよかろう」

佐治五郎の懸念を、安本虎太が否定した。

「武術の腕がないとわかっているのだ。今更、ためらう意味も、余裕もなかろう。明日には芳賀さまへご報告申しあげねばならぬ」

安本虎太が決断を促した。

徒目付は隠密のまねもする。諸国へ遠出するときもある。そういったときは、こまめな連絡を取るのは難しい。しかし、目付のなかには、そういった状況を勘案することなく、毎日の報告を求める者もいた。

「叱られたくはないぞ、拙者は」

安本虎太が首を横に振った。

「いまだなにも見つけられませぬというたびに、無能だとか、これだから小身の者は使えぬとか、やる気が見られぬとか、半刻（約一時間）近い説教は勘弁してもらいたい」

「それはたしかだが……」

嫌そうな顔で言った安本虎太に、佐治五郎も賛成した。

「形だけでも報告できるものがあったほうがよかろう」

「………」

安本虎太の言葉に、佐治五郎が悩んだ。

「……わかった」

佐治五郎が折れた。

「ただし、少しでもおかしいと感じたら、すぐに退くぞ」

「当然のことだ」

佐治五郎の条件に、安本虎太が同意した。

日が落ちれば、人通りは一気に減る。高い油や蠟燭（ろうそく）の代金を出せない庶民は早々とねぐらへ、余裕ある者は懐中を狙われないよう家へと帰る。

人通りが減れば、店を開けておく意味もない。それこそ、無駄に蠟燭や灯油の費用がかかるだけである。

夜遊びをする者を相手に商いをする店以外は、日没と同時に大戸を閉めた。

「暖簾(のれん)をなかへ入れなさい」

「店の前の掃除は明日の朝でいいよ」

「火鉢のなかの炭にはしっかり灰をかぶせて」

分銅屋の番頭が、手代、丁稚(でっち)を指揮して店じまいを始めた。

「すでに帳面は合わせてあります。わたしは旦那さまにご報告申しあげてくるから、後はお願いしましたよ。戸締まりはかならず二人以上で確認するようにね」

指図を終えた番頭が、帳面と帳場の鍵を届けるために分銅屋仁左衛門のもとへと向かった。

「……本日の勘定は以上でございまする」

帳面を差し出しながら、番頭が締めた金額を分銅屋仁左衛門へ告げた。

「ご苦労だったね」

帳面を見ながら分銅屋仁左衛門が、まず番頭をねぎらった。

「両替が減っているように思えるのだが、どうだい、番頭さん」

分銅屋仁左衛門が問うた。

「仰せの通りでございまする。とくに小判を銭にというのが減っているように思えまる」

「はい。銭から小判への両替は前のままか、むしろ少なくなっているように感じます

する」

「……かといって逆が増えているわけではないね」

番頭がうなずいた。

ふたたび番頭が分銅屋仁左衛門の読みを認めた。

「小判を使っての支払いが増えているのかねえ」

分銅屋仁左衛門が首をかしげた。

相場によって上下するが、小判はおおむね銭六千文になる。六千文ともなると、日雇い人足ほぼ一カ月の収入に等しい。かなりの金額である。小判は庶民に縁遠かった。

大きいだけに、ものの支払いに小判は向いていなかった。町内での掛け売りで節季ごとにまとめて払うときならばいざしらず、普通に担ぎの魚屋、畑で穫れた大根などを売りに来る葛西（かさい）の百姓などの現金ばらいに小判なんぞ出したら、断られる。

「一束十二文の大根に小判……釣り銭なんぞ持ってねえ」

「盤台ごと買っても、とても足りやしねえよ。小判なんぞ出されても困る」

行商人相手には、銭での支払いが必須であった。

「銭があがると世間は見ているのかねえ」

分銅屋仁左衛門が小判が持ちこまれなくなった理由を考えていた。

小判は一両という価値で固定されている。それに対して銭が変動した。銭も銭としての価値は固定されている。茶店の代金は波銭と呼ばれる四文銭一枚と決まっているし、奉公人の給金も銭で支払われる。庶民にとって、基本は銭であった。

問題は小判にあった。小判が一両というのは決まっており、一両で米一石というのも決まっている。ただ、それを左右するものがそのなかにいた。

米である。米は天下を表すものでもあった。幕府領四百万石、加賀百万石というように、その国力も米で示された。武士の身分も同じであった。一万石をこえれば大名、一石でも欠ければ旗本という区別も米がした。

米こそ最大の価値であった。

しかし、米には大きな瑕疵があった。その年によって豊作、凶作という出来不出来が起こるのだ。多ければ安くなり、少なければ高くなる。当たり前のことが、米の価値を上下させる。

となると米と連動している小判の価値も揺れた。豊作だと小判は安くなり、凶作だと高くなる。一両で銭六千文が、豊作だと八千文になり、凶作だと四千文になる。倍から価値が変わってしまう。

　豪商などは場所と重さが嵩むことから、小判を備蓄するが、庶民は銭をため込む。これは銭が生活に密着したものであることの他に、もっとも安定した価値だとわかっているからである。その庶民が小判を銭に替えなくなった。

「物価が上がる前兆なのかも知れません」

　番頭が難しい顔をした。

　物価が上がれば、支払い金額が高くなる。百文のものが百五十文になるのだ。百文でも四文銭二十五枚要ったのが、三十八枚になる。当然、持ち運ぶ銭が多くなり、重くなった。

「それはかなわないが、あり得るな」

　分銅屋仁左衛門も頬をゆがめた。

「大御所さまがお亡くなりになられましたし……」

　誰が聞いているというわけでもないのに、番頭が声を潜めた。

「ご倹約令は生きているけどね」

　分銅屋仁左衛門が苦笑した。

　八代将軍吉宗はその座を息子家重に譲り、大御所となってからもずっと幕政を握り続けていた。その吉宗が死ぬまで政を離さなかったのは、倹約を徹底するためであった。

大坂の陣で豊臣家を滅ぼしたことで、徳川は名実ともに天下人となり、戦国乱世は終わりを告げた。

泰平の世に、武士たちが手柄を立てる場はない。戦場で華々しく戦い、敵を討ち、城を落とすことで、領土を広げ、禄を増やしてきた武士が、その意味を失ったのだ。政や勘定に貢献することで出世する者もいたが、そのほとんどは受け継いだ家禄のまま、息子へ譲り渡すことになる。

武家の収入が固定された。それに対し、物価が上がった。戦国ならば明日生きているかどうかさえわからないのだ。そんなときに誰も贅沢なんぞしない。それが泰平になり、明日が保証されると話は変わる。

食べられればよかった食事が味を求めるようになり、寒さをしのげればよかった衣服に絹物が流行る。

一度、白米の甘さを知ってしまえば、玄米は味気ない。一度、絹物の衣服を身につければ、麻は肌触りが悪くて嫌になる。

人というのは、弱いものだ。

こうして武家も贅沢に染まってしまい、支出が増えた。やがて支出が収入をこえ、武家の生活は借金で維持されるようになった。

幕府はときどき徳政令を出し、十年以上経った借財は棒引きにさせるなどして、武家の財政を救済してきたが、贅沢を止めさせないかぎり、いたちごっこでしかない。

どこの大名も多額の借財を背負い、商人たちに頭があがらない状況になったところへ、八代将軍の吉宗が登場した。

生母が湯殿番（ゆどのばん）という身分低い女であったことで、父二代紀州徳川藩主光貞（みつさだ）の認知を受けられなかった吉宗は、家臣のもとへ預けられ、そこで育った。

城下で毎日を過ごした吉宗は、庶民ともふれあい、金というものの強さと怖ろしさを知った。

やがて二人の兄が続けて死に、一人が出家するという不幸が、吉宗を五代紀州藩主へと押し上げ、さらに七代将軍家継が七歳で亡くなったことで、ついには本家へ入り、将軍にまでなった。

歴代の将軍が、江戸城あるいは、その廓内（かくない）の館で生活しており、ほとんど庶民と触れあわずに来たのに比して、吉宗は世間をよく知っていた。

と同時に、藩主の子供と見なされず、厄介者扱いされていたことで、お金に苦労したのも影響した。

「金がなければ使わなければいい。収入以下に支出を抑えられれば、貯蓄もできる。本来武家はいざ鎌倉というときに備え、質素倹約して軍費を用意しておくものなのだ」

吉宗は武家の窮乏を救うとして、将軍になるなり倹約令を発布した。

これはまさに正解であった。増収を図れない武士を借財をしない健全な状態に戻すには、支出を抑えるしかない。食事を玄米にし、一汁三菜だったのを一汁一菜にし、絹を止めて麻、あるいは木綿を着る。日が昇れば目覚め、日が暮れれば眠る。遊興をせず、武芸に勤しめば、武士としての力も保持できるうえに、出費も減る。

自ら一汁一菜、木綿ものを身につけるを率先した吉宗は、さらなる手を打った。幕府の浪費を抑えるとして、足高と上米令を出した。

足高とは、従来役目に就任するとき、その役高まで家禄を加増していたのを止めて、その職にあるときだけ、本禄の不足を扶持米で補うというものだ。従来のやり方では、本禄を増やしてしまうため、役目を退いたあともそのままになり、本人が隠居した後はその子供に家督相続されてしまう。幕府が旗本に払っていた禄が増えるだけでなく、能力があるゆえの引き上げが、無能な跡継ぎにも与えられるという形になってしまった。

百数十年続いてきた幕府には、慣例が根付いてしまっている。千石の家は家督相続をしたらまずこの辺りの役職から始める、三千石ならここからと大体決まっている。そこに父の加増を受け継いで名門となった跡継ぎが含まれてしまう。

父親が下役から苦労して出世したのを、子供はあっさりとこえられるのだ。それだけ有能であれば問題はないが、得てして苦労した親の子供は使えない場合が多い。となれば、無能が重要な役に就く場合が多くなる。

これらの欠点を補うために、吉宗はその職にあるときだけ禄を増やすという足高を導入した。

続いて吉宗は、幕府の財政をできるだけ早く回復させなければならないと考えて、上米を実施した。

上米とは一万石につき百石の米を幕府に毎年納める代わりに、参勤交代で江戸に居る期間を半分に短縮してやるというものだ。

参勤交代は領国に一年居たら江戸で一年過ごすという大名に課せられた義務である。これは謀反を防ぐためという意味と、江戸の警固を担当する軍役の両方があった。

兵を伴い、武具をそろえなければならない軍役というのは金がかかる。国元の者を物価の高い江戸で生活させる。そのために費用を全部ではないが、一部を藩がもってやらなければならないだけに、その負担は馬鹿にできない。期間が半分になれば、その費えも単純に考えて半分になる。

諸大名はよろこんで上米に従った。結果、床板の見えていた江戸城の金蔵、米蔵は満たされ、大坂城にも百万両という備蓄ができた。

天下の将軍が、配下の大名から金をせびるに近い上米は、効果も高いが欠点もある。将軍の権威の失墜はもとより、幕府に戦をするだけの金がないことを天下に教えてしまった。

「金がないのは首がないのも同じ」

吉宗の考えは正しい。ただ、吉宗はやり過ぎた。

上米はさすがに途中で廃止されたが、倹約はずっと続けられている。吉宗が大御所になり、家重へ将軍を譲っても倹約令は維持されてきた。

「蚕を育てても、絹が売れない」

「どれだけ見事な細工を仕上げても、贅沢だと販売が禁じられている」

倹約はかならずしわ寄せを生む。

金を遣わなくするというのは、生活の何かを切り捨てることなのだ。最初に贅沢品が売れなくなり、続けて芝居や歌曲などの遊興が流行らなくなった。

「食べていけない」

蚕を飼っていた家は桑畑を潰して、生り物に替えた。これで絹の生産は落ち、絹ができなくなったことで織物をする者たちが仕事を失った。

芝居に客が来なくなり、役者が廃業せざるを得なくなった。

西陣織に代表される織物は、長い歴史を伴って継続、進化してきた文化であった。芝居、歌曲も同じである。代々続けられてきた技の継承があって、はじめて成り立つ。それが不要だと幕府に断じられたに等しい。

文化を失った生活というのは、長く耐えられるものではない。人は食べる、寝る、働くだけで生きてはいけない。どこかに余裕が要る。それを吉宗は認めなかった。

「ようやく頭の上の重石がなくなったのでございますからね。そろそろ倹約を骨抜きにしようと動き出したのかも知れません。商人にとって、倹約令は本当にうっとうしいものでございますからねえ」

「そういうものなのでございまするか」

両替屋というのは、なにを商うわけではない。小判を銭に、銭を小判に交換する手数料で儲けを生んでいる。他の商売のように、店先に品物を並べるわけでもなく、店先に立って道行く人を呼びこまなくてもいい。

その代わり、大きな儲けもでない。両替の手数料が少ないというのもあるが、そうそう金を両替しようという人はいない。

そこで両替屋は金を扱うというかかわりから、金貸しを副業にしだした。

結果、今では両替商が副業で、金貸しが本業に近い。分銅屋仁左衛門が江戸で指折りの金満家と言われるようになったのは、金貸しでの収入が大きい。

番頭が世間の動き、とくになにが売れているか、売れなくなったかを知っていなくても無理はなかった。

「一時のことかも知れませんからね。しばらく様子を見ましょう」

「承知いたしました。では、わたくしはこれで」

主の指示を番頭が受けた。

「気を付けて帰りなさい。最近、物騒だから」

「ありがとうぞんじまする」

分銅屋仁左衛門の気遣いに一礼して番頭が出ていった。

奉公人は店に住みこむのが決まりであった。安い給金で奉公人を使う代わり、店は衣食住を供給する。しかし、それも番頭になると違った。

番頭は主に代わって店を差配する。商いから奉公人の躾まで番頭がする店も多い。それだけの権限を番頭は与えられている。

また、番頭になると給金が跳ねあがる。

丁稚は年二回の藪入りと呼ばれる休日に小遣いをもらうだけで定まった給金はない。丁稚が前髪を剃り、手代へと昇格すると給金が出る。といったところで、せいぜい月に一度か二度、遊びに出ればなくなるといった薄給であり、とても店の外に家を借りて生活などできなかった。

ようは手代までは半人前扱いなのだ。番頭になってようやく一人前の商人として認められたことになり、妻を娶り子を育てていけるだけの給金をもらい、店を出て家を借りることが認められていた。

「よいかの、分銅屋どの」

店の締めを終えた分銅屋仁左衛門に左馬介が声をかけた。

「どうぞ、お入りくださいな」

分銅屋仁左衛門が左馬介を招き入れた。

「ちと耳に入れておくべきことがあっての」

左馬介が先ほど湯屋からの帰りに絡まれた一件を報告した。

「……ふうむ」

聞いた分銅屋仁左衛門がうなった。

「どうも気になる。浪人や貧乏御家人が、金のありそうな町人にゆすりたかりをするのは、そう珍しいものではないが……」

「あからさますぎますね。だいたい、諫山さまを狙った段階で、そのあたりの連中ではないとわかりますよ。そういった連中は鼻がききますからね。紙入れのなかに小判の一枚も入っていないような者を襲ったところで、無駄骨ですから」

「………」

まちがってはいないが、金を持っていないと言われたのだ。左馬介が憮然(ぶぜん)とした。

「諫山さまを馬鹿にしてはいませんよ」

笑いながら分銅屋仁左衛門が左馬介をなだめた。

「わかっている」

左馬介が苦笑した。

「どうやら諫山さまを選んだと考えるべきでしょうなあ」

「いきなり太刀を抜いたぞ」

思い出して左馬介が震えた。

「斬る気なんぞありませんよ。あんな目立つところで人を斬ったら、町方が黙ってません。たとえ相手が御家人でも、町奉行所の面目がありますから、捕まえられなくとも世間に名前が知れるくらいのことはしましょう」

分銅屋仁左衛門が述べた。

町奉行所は旗本、御家人を捕まえることはできない。ただ、誰がやったかを特定することはできる。そして特定したら、なんの某(なにがし)が浅草門前町で人を斬ったというのを、噂として流すのだ。

一度広まった噂は、誰にも止められない。やがて噂は老中や若年寄などの幕閣(ばっかく)の耳に届く。老中のもとには、毎日陳情のために江戸の豪商たちが訪れる。その誰かが、このような噂が江戸に流れていると世間話の一つとして老中へ話す。

「真相を調べよ」

老中が目付にそう言った段階で、なにもなしではすまないのだ。老中が命じ、目付が走ったら、成果は必須であった。それこそ無実であっても濡(ぬ)れ衣(ぎぬ)を着せられた。

「町人を脅したていどならば、噂にもなりませんし、噂になったところで、誰も相手にしません」

「斬る気がないというのは、わかっていた。前の井田が放っていた必死の気配がなかった」

殺気を感じなかったと左馬介が思い出した。

「しかし、そうなれば、なんのために、拙者を」

左馬介が首をかしげた。

「おそらくですが、諫山さまを試したのでしょう。剣術がどこまで遣えるか、あるいは剣術以外の……」

「鉄扇術のことか」

分銅屋仁左衛門に言われた左馬介が嫌そうな表情を浮かべた。

「町奉行所のかかわりだったかも知れぬな」

左馬介は背筋に水を流されたような顔をした。

「違いましょう。町方はもう、諫山さまに手出しできませんよ。あの一件は町奉行さまの裁断が降りたのでございますよ。それなのに手出しをして、町奉行さまの裁断をひっくり返す。自らの権威を否定する。そんなまねは許されません」

分銅屋仁左衛門が断言した。

「では、なんのために」

「そこまではわかりませんがね。とりあえず、気にしておくべきでしょう」

不安そうな左馬介に分銅屋仁左衛門が、考えても一緒だと告げた。

「それは承知している」

左馬介がうなずいた。

「でも、それは使えますね」

分銅屋仁左衛門が口の端を吊り上げた。

「使える……」

どうやってだと左馬介が怪訝な顔をした。

「このあたりの治安が悪くなっていると言えましょう」

「たしかにな」

白刃を突きつけて、金を出せと脅したのだ。しかも日中、人通りの多い辻でのことなれば、尋常な状況ではないと言える。

「江戸の治安は、町奉行所のお仕事」

「御家人だぞ、相手は」

ついさっき管轄外だと言ったばかりだろうと、左馬介があきれた。

「どこの誰だと名乗りましたか」

「そんなわけなかろう。押し借りをするやつが、名前などを伝えるはずもない」

　どういったいいかた、やりかたをしようとも、恐喝は犯罪である。住所、氏名を名乗ったうえで、脅しをかけるようなやつはいなかった。

「だったら、町奉行所にはそれを伝えずともよろしゅうございましょう。単に湯屋の帰りに、脅しをかけられたと報せればいい」

「その意味はあるのか」

　思わず左馬介は尋ねた。

「佐藤猪之助でしたかね、あのしつこい南町奉行所の同心は」

「そんな名前だったな」

　確認されて左馬介は首肯した。

「あいつにちいと釘を刺そうかと思いまして」

「もうかかわっては来ないのだろう。それこそ藪をつついて蛇を出すになるのでは」

　左馬介が懸念を口にした。

「先日の一件は、もう突いてはこないでしょう。ですが、あの佐藤に目を付けられたのはまちがいありません。南町奉行山田肥後守さまが結審されたので我慢してますが、腸のなかは悔しさで煮えくりかえっているはずです。いつかきっとわたくしと諫山さまを痛い目に遭わせるつもりでございますよ」

「そこまで暇ではなかろう、町方は」

左馬介が否定した。

「しつこくない者に、下手人を追いつめることなんぞできませんよ。あきらめずに町を歩いて証を探す。話を聞く。そうやってやっと捕まえる。町方役人で廻り方同心ほど根気よい者はいません」

分銅屋仁左衛門が首を左右に振った。

「そもそも縄張り外だったここに目星だけでちょっかいをかけてきた。手柄にならなかったからいいですが、もし諫山さまを捕まえていたら、ここらを担当する定町廻り同心の顔は丸つぶれ。仲違いを覚悟でやってきた。かといって犯人の目星を付けるための行動とあれば、表だって咎めるわけにはいかない。先日のことは掘り返せなくとも、他にもいろいろありましょう、わたくしたちには」

「先日の夜に襲い来た侍たちのことか」

「火事のこともございます」

分銅屋仁左衛門が付け加えた。

「どれをとってもまずいものばかり。そこへ佐藤猪之助が目を付けないとは限りません。そうなったときのために、この辺りを縄張りにしている廻り方同心を焚きつけておくんです。不逞な浪人、不良御家人が庶民を脅している。そう訴えが出れば、縄張りの定町廻り同心は出張ってこなければなりません。当分の間、このあたりを警戒します。そこへ、縄張り外の佐藤猪之助が入りこもうとすれば……」

「見廻りの邪魔をするなとなるか」

「はい。一度、縄張りを破っているだけに、佐藤猪之助への風当たりは強くなるでしょう。入りこんだ理由を問い、ならばそれもこちらが請け負うとなれば、佐藤猪之助はなにも言えません。そこまでされても手出しをすれば……」

「佐藤猪之助が排除される」

「どこでも同じですが、誰か一人が手柄を立てるのをよしとはしませんから」

分銅屋仁左衛門が首を縦に振った。

「とりあえず、諫山さまは夜の警戒を厳にお願いしますよ。わたくしは明日一番にでも南町奉行所へ行き、脅しの話を御出入りの与力清水さまにお伝えしてきますから」

左馬介に注意を与えて、分銅屋仁左衛門が明日の行動を決めた。

第三章　動く闇

一

店の大戸を閉めた奉公人は、台所で飯と漬けものと汁の夕食を摂り、湯屋へ行くなりをする。だが、金のかかる灯火を長く使うことは許されない。

五つ（午後八時ごろ）には、ほとんどの奉公人が眠りに就く。

「そろそろよいかの」

じっと店の気配を探っていた安本虎太が、佐治五郎に合図をした。

「……ああ」

佐治五郎も同意した。

商家へ忍びこむには、大きく分けて三つの方法があった。

一つめが、まだ雨戸が閉まる前に入りこみ、押し入れのなかなどの他人目(ひとめ)に付かないところで寝静まるのを待つ方法である。もっとも今回はそれを取れなかった。両替屋という商売の性格上、見知らぬ者への警戒は強い。

二つめは夜になってから、屋根へ上って、瓦を剝がし、屋根板を切り取って侵入する方法であった。

「ちっ、瓦が釘付けされている」

瓦に手をかけた安本虎太が、嘆息した。

「無理剝がしすると音がする」

佐治五郎が首を横に振った。

釘付けしてある瓦を力ずくで剝がせば、下の屋根板まで一緒に破ることになる。その音は静かな夜にかなり響く。疲れ果てている奉公人のなかには耳敏(みみざと)い者もいる。なにより用心棒が異音を聞き逃すはずはなかった。

「仕方ない、床下からだな」

安本虎太がため息を吐(つ)いた。

三つめの方法が床下からのものであった。床下から家屋の下に入り、そこからなかの様子をうかがう。薄い天井板を割らないように気にしながら移動せずともよいが、その代わり分厚い床板、畳などに邪魔をされてなかをのぞき見ることができなかった。

「適当な座敷へ上がり、押し入れへ入りこんで、そこから天井裏へ移ろう」

多少の危険は伴うが、こうすれば下からでも天井裏へ入りこめる。

「うむ」

佐治五郎も納得した。

屋根から、床下に入りこみやすい裏庭へ二人は降りた。

「……おい」

屈(かが)みこんだ佐治五郎が、小声で安本虎太を呼んだ。

「早くしろ……なんだ」

安本虎太が佐治五郎を急(せ)かそうとして、首をかしげた。

忍びこもうというときに、不用意に声を出すはずはない。それくらいのことができない者が、徒目付(かちめつけ)に選ばれるわけはなかった。

「桟(さん)が入っている」

佐治五郎が見やすいようにと、身体を除(の)けた。

「……全周にあるの」

安本虎太が絶句した。

「城の御殿でもあるまいに、ここまでしている店なんぞないぞ」

佐治五郎も驚いていた。

「切ればいい」

木の桟ならば簡単に切れる。まとめて三本ほど切れば、十分入りこめる。

「ああ」

安本虎太の提案に、佐治五郎がうなずいた。

「…………」

佐治五郎が太刀に添えてある小柄を抜いた。佐治五郎の小柄は、その刃が鋸のように立てられていた。

本来小柄は、紙などを切るために使われる。その小柄の刃をわざと佐治五郎は、鋸にしていた。

「……くっ」

しばらく小柄を動かしていた佐治五郎が小さく呻いた。

「どうした」

まだなにかあるのかと、安本虎太が訊いた。

「鉄芯だ」

「……そこまでっ」

佐治五郎の報告に、安本虎太が目を剝いた。

桟のなかに鉄の芯が仕込まれていた。木の桟だけならば、多少の手間をかければ破れる。だが、鉄芯が入っていれば切ることはできなくなった。

「下を掘れそうか」

安本虎太が尋ねた。桟の下側は土に埋められている。そこを掘れば、桟は切らずとも抜けた。

「無理だろう。ここまでしている店が、そんなに甘いはずはない。かなり深いと考えるべきだ」

佐治五郎が首を左右に振った。

「むうう、手の出しようがないか」

安本虎太が唸った。

「蔵は端(はな)から無理だろう」

金と抵当代わりに預かっている物品を保管する蔵は、両替商にとってなによりも重要なところである。火事に遭っても大丈夫なように、その四方の壁は、一尺（約三十センチメートル）近い厚さを持ち、扉には頑丈な鍵がかけられている。明かり取りのために作られている小さな窓も、分厚い蓋で塞がれているうえに、空けたところで金網や鉄芯を使って、なかへ入ることができないようにされていた。

「諦めよう」

お手上げだと佐治五郎が言った。

「手立てはないのか。雨戸を外すのはどうだ」

安本虎太が己の小柄を出した。

小柄を雨戸の下に差しこみ、差し閂を上へ持ちあげれば、雨戸は外せる。それを安本虎太がしようとした。

「…………」

黙って佐治五郎が見守った。

「刃が入らぬ」

小柄を雨戸の下に入れようとした安本虎太が驚いた。

「敷居の溝が深いのだろう」

佐治五郎が答えた。

雨戸を嵌めている敷居の溝は深くなるほど、しっかりと固定ができる。その代わり、雨戸を外しての手入れなどがしにくくなる。なによりも、かなりの腕をもつ大工でないとそれだけの細工は難しく、高価になった。

「溝が深いと、小柄ていどではこじることもできぬ」

隙間がないのだ。小柄の先しか入らないようでは、こじったときに刃先がおれてしまう。

「帰ろう」

佐治五郎があきらめた。

「しかし、このままでは」

安本虎太が渋った。

徒目付にとって目付は将軍よりも怖ろしい。

「これ以上騒いで、見つかってみろ。お叱りを受けるだけではすまぬぞ。それこそ、目を付けている店にそのことを教えてしまったとして、見捨てられることになる」

「それはまずい」

佐治五郎の言葉に、安本虎太が慌てた。

用心棒だからといって、夜中の見廻りをするとは限らない。無駄に家屋の外に出ている間に、賊が入りこむこともある。

なかからしっかり門をかけられれば、まず侵入はされないが、左馬介しか起きていないときに出ようと思えば、外から軽く締めるしかなくなるのだ。そこを手慣れた盗賊は見逃しはしない。

「朝か」

柱を背にして眠りこけないようにしていた左馬介は、台所から人の動く気配を感じた。

店でもっとも最初に目覚めるのは、台所を預かる女中であった。店を開けるまでに、奉公人の朝食を終わらせなければならない。だけに、台所女中は早起きも仕事だった。

「どれ、目覚まし代わりに井戸水を汲むとしよう」

台所女中朝一番の役目は、水瓶を満たすことであった。手桶(ておけ)の水はさほど重くなく、女中でもなんなく運べるが、水瓶を一杯にするにはかなりのときがかかる。それを左馬介は代わってやる。そうすれば女中は他の作業に取りかかれた。

「すいません。お願いをいたします」

中年の台所女中が、左馬介の申し出に恐縮しながらも頼んだ。

「任せてくれ」

左馬介は女中の使う手桶ではなく、盥を手にした。さすがに盥一杯の水をこぼさずに運ぶのは無理だが、半分でも手桶十杯ほどになる。井戸への往復がかなり減った。

「……どれ」

井戸端に着いた左馬介は、まず一杯釣瓶を引きあげ、己の顔を洗った。

「目が醒めるくらい冷たくなってきたな」

あらためて季節の移りを左馬介は感じていた。

「だが、今年は冬を嫌わずともすむ。長屋が有り、喰いものが有り、蓄えも少しとはいえ有る」

浪人だけではなく、すべての日雇いの者は冬が恐怖であった。

寒さというのは、遠慮なく人を苛む。長屋に住んでいる者はまだいい。穴の開いた戸障子からの隙間風はあっても、雪や雨が入ることはなく、霜が降りることもない。寺の床下や橋の下を塒にしている者のなかには、冷え込みの強い朝、凍死する者もいた。

とはいえ、寒さは長屋にいても天敵であった。風邪を引くだけでも、日雇いには致命傷になる。まず医者にはかかれないし、薬も買えないのだ。看病をしてくれる者もなく、病になれば治るまで寝ているだけになる。当然、その間は働けないために、収入はない。金がなければ食いものが買えなくなり、食べなければ体力は回復せず、病が長引くという悪循環になる。

病は飢えに繋がる。

左馬介も毎年、冬を怖れていた。実際、春を迎えられず、顔を見なくなった浪人は何人もいた。

その恐怖を今年は感じなくてすむ。それだけで左馬介は幸福であった。

「さて、水を汲んで……」

あまり感慨に浸っているわけにはいかなかった。女中の仕事に水は必須である。味噌汁に入れる具を切るくらいはできても、水がなければ米は炊けず、湯もわかせない。遅くなると女中に嫌な顔をされた。

「……ありがとうございました。冷や飯ですけど、いかがでございますか」

三往復ほどして水瓶を一杯にした左馬介に、台所女中が昨夜の残りを握り飯にしてくれていた。

「遠慮なく馳走になろう」

左馬介は握り飯にかぶりついた。

夕餉を摂っているとはいえ、ほぼ徹夜をしているとお腹が減る。しかし、用心棒という役目柄、満腹になってはまずい。眠りこけていて盗賊を見逃しましたでは、即日職を失う。

夕餉からは水以外を摂らない。これが用心棒の心得であった。

「……うまかった」

冷や飯を使えば、炊きたての握り飯のように指に米粒が付くということもなく、綺麗(きれい)に平らげられる。

食べ終わった左馬介が頭を垂れた。

「今朝の味噌汁の具はなんでござる」

朝餉ももちろん喰う。左馬介が問うた。

「根深(ねぶか)と油揚げですよ。諫山先生の好きな」

食い意地の張っている左馬介に、台所女中が笑った。

「ありがたい。では、それを楽しみに、朝の見廻りに行くとするか」

夜の間になにかあったかどうかを確認するのも用心棒の仕事であった。屋敷のなか、蔵への侵入はなくても、敷地あるいはすぐ外になにかしらの痕跡が残っているときがある。これをよく見ておかねば、盗人にやられてしまう。

「行ってらっしゃいませ」

台所女中の見送りを背に、左馬介は勝手口から出た。

「……なにもないな」

まず蔵の付近をよく見る。続いて庭を見回す。なにかしら違和を感じれば、そこに向かう。

「あれは……足跡か」

左馬介は目敏く安本虎太と佐治五郎が残した足跡に気付いた。

「どこから入った」

足跡は不意に現れ、そして塀へと向かっていた。

「塀へ向かっているのは、外へ出るときのもの」

よく見れば、足跡がどちらに向いているかはわかる。忍び足のときほど、人は足の指のほうに体重をかける。当然そちらが少し深くなる。

「出ていくのはあるが、入ってきたのがない」

左馬介は一瞬悩んだ。

「ここだけ深いな。飛び降りたか」

屋根に近いところに、周囲より深い足跡があった。

「後で屋根の上を見ねばならぬな」

瓦に仕掛けをしているかも知れない。左馬介は緊張した。

「どこかに異変は」

左馬介は足跡の周囲を念入りに見た。

「ここかっ」

まもなく左馬介は床下の異状を見つけた。

「分銅屋どのに報せねば」

左馬介が慌てた。

分銅屋仁左衛門は左馬介の報告に眠気を消し飛ばされた。

「どこでございます」

すぐに分銅屋仁左衛門が現場へと駆けた。

「……たしかに、木の桟が削られてますね」

分銅屋仁左衛門も確認した。

「切り始めたところでなかの芯に当たり、あきらめたのだろう」

左馬介が推測した。

「でしょうな。いや、鉄芯入りの桟にしておいて正解でしたね」

屈みこんで桟を見た分銅屋仁左衛門が言った。

「わざわざ鉄芯を桟に仕込まずとも、最初から鉄芯を使っておけば傷つけられることもなかろうに」

見ただけであきらめて帰るだろうと言った左馬介へ、分銅屋仁左衛門が首を横に振って見せた。

「いいえ、こうすることで跡が残りましょう。諫山さまに感づかれず、ここまで入りこんだ盗賊でございますよ。よほどの腕利きでしょう」

「…………」

褒められているのか、気づかなかったことを皮肉られているのか、わからなかった左馬介が黙った。

「だけにもう来ませんよ」

黙った左馬介を無視して分銅屋仁左衛門が告げた。

「なぜ……」

「簡単なことです。桟に傷を残してしまった。つまり、下見に来たか、襲撃しに来たかは知りませんが、見つからずにいようとして失敗したわけです。知られた以上、より警戒するのは当然ですからね。次は捕まるかも知れません。腕利きの盗人ほど、用心深いものです」

問いかけた左馬介に分銅屋仁左衛門が被せてきた。

「さて、まずは朝餉を食べてから、南町奉行所へ行くとしましょうか。これもちょうどいい材料になってくれます」

分銅屋仁左衛門がうれしそうに言った。

「危機を好機に変えられる者だけが、生き残っていけるのでございますよ」

「…………」

笑いながら語る分銅屋仁左衛門に、左馬介はふたたび沈黙した。

二

町方役人と呼ばれる与力、同心は薄禄である。与力で概ね二百石、同心にいたっては三十俵二人扶持前後と、生きていくのが精一杯でしかない。

しかし、与力はもちろん、同心も派手な生活を送っていた。一日履けば砂埃で真っ白になる紺足袋を愛用するなど、無駄の極致であった。

紺足袋は一度でも洗えば、色あせる。色あせた紺足袋を履き続ければ、みっともないと他人の嘲笑を受けるはめになる。それを避けるには汚れても洗えば綺麗になる白足袋が無難であった。それをあえて紺足袋を履き、洗わずに捨てる。翌日には新しい紺足袋をおろすのだ。目立たないところで贅沢をする。これを粋として、江戸の庶民は尊んでいる。

そんな贅沢ができるのも、町方役人は江戸の大名、旗本、豪商たちから合力という名の賄賂を受け取っているからであった。

町方の管轄ではない大名や旗本が賄賂を包むのは、国元から出てきたばかりの藩士が、江戸の町人ともめ事を起こしたときに力を貸してもらうためであった。

江戸の町人は、将軍の領民なのだ。

古来から大名は領民の問題で争ってきた。年貢が厳しい領地から、少しでも安い土地へ移りたがるのは当然のことである。しかし、これを認めていれば、逃げ出された藩の百姓が減り、手入れされない田畑が増える。当然、年貢は減り、大名家の収入も落ちた。

となれば領地から領民が逃散(ちょうさん)しないように取り締まるか、逃げ出した先の大名と交渉して取り返すかになる。

逃げ出された大名としては生活にかかわるだけ、強行に返還を申し入れ、場合によっては隣国と戦をするときもあった。

それだけ領民とは大事なものなのだ。財産でもあり、面目でもある。そのなかでも将軍の民となれば別格であった。

本来ならば武家が身分高く、庶民の無礼を咎められるが、江戸だけは違った。

「こちとら将軍さまのお膝元で生活しているんでえ」

まさに虎の威を借る狐でしかないが、将軍という言葉が出ている限りは逆らえない。大名は将軍の家臣に過ぎないのだ。その大名家の家臣が将軍の財産たる民に傷を付けた。それだけで咎めを受ける怖れがある。

そうなったときにことを荒立てず、治めてもらうには庶民と縁の深い町方役人が最適であった。

商人にいたっては、店を無頼から守ってもらったりするのが目的であり、町方役人の持つ権威を用心棒代わりに使うための金であった。

これらのお陰で贅沢できる町方役人の出務は遅い。いや、町奉行所には定刻通りに出るが、そこから見廻りに行く前に立ち寄るところがあった。

湯屋であった。

庶民と触れあうことが多い、というより混じって生活しているに近い町方役人は、その影響を受けやすい。

　武士にとってはどうでもいい粋を町方役人はなによりも気にする。紺足袋もそうだし、巻き羽織と呼ばれる歩けば風を含んで膨れる羽織も、あざやかな黄八丈を着流しにまとうのも粋を表すためであった。

　そんな町方役人が、寝汗を掻いたままで見廻りに出るわけはない。町方役人は、皆、町奉行所へ顔を出した後、八丁堀にある湯屋へと寄った。

「お願いしますよ」

　風呂上がりの機を見計らって、分銅屋仁左衛門は左馬介を供に呉服橋へと向かった。

　南町奉行所は呉服橋御門を入ったところにある。

「御門を通りまする」

　奉行所の大門を通るとき、門番に分銅屋仁左衛門が顔を見せた。

「おう、分銅屋どのではないか」

　門番が顔見知りの分銅屋仁左衛門に声をかけた。

「今日はどうした」

「清水さまにお目通りを願いたく」

　問われた分銅屋仁左衛門が告げた。

「ちと待ってくれ。ご都合を聞いてくるゆえ」

門番が建物へと走った。

「諫山さま」

「わかっている」

左馬介は呉服橋御門を出たところで待つと決めている。浪人が町奉行所に足を踏み入れるのはあまりうれしい話ではない。左馬介は分銅屋仁左衛門に手をあげて、来た道を戻った。

「待たせた、分銅屋どの。お目通りできるぞ」

左馬介を見送った分銅屋仁左衛門のもとへ門番が走って来た。

「それはありがとう存じまする」

一礼して、分銅屋仁左衛門が清水との面会に挑んだ。

「いろいろとたいへんだったの」

玄関脇の小部屋で待っていた清水が、分銅屋仁左衛門を慰めた。

「お奉行さまのお言葉なければ、当家の奉公人が冤罪(えんざい)で捕まえられるところでございました」

分銅屋仁左衛門が嫌味を聞かせた。

「すまなかったな」

出入り商家として、かなりの金額を分銅屋仁左衛門は清水に渡している。清水が頭をさげた。

「いえ、清水さまにはお世話になっておりますから。ただ、あの佐藤さまと言われるお方はいささか」

分銅屋仁左衛門は清水に罪はないと言いながら、佐藤猪之助をしっかり抑えてくれと暗に求めた。

「わかっている。縄張りごえをもうさせぬ」

清水がうなずいた。

今回は南町奉行所の失策であった。

金をくれる出入り商人には気を遣わなければならない。しかし、出入りの商人が罪を犯すことはある。そういったときの対応を町奉行所は罪の軽重によって変えた。

脅しや騙(かた)りなど被害の弁済が可能なもののときは、すでにばれているぞと知らせて、被害者との間での示談を勧める。示談が成立すれば、なにもなかったものにする。

対して見逃せない火付けや殺しなどの場合は、動かぬ証拠がつかめるまで、密かに調べる。罪を固めてから一気に行動し、出入り先を有無を言わさず捕まえる。

今回は殺しであったため、密かに探索をするはずだった。それを佐藤猪之助は堂々と分銅屋へ姿を見せて、嗅ぎ回った。いわば、町奉行所の顧客である分銅屋仁左衛門の顔に泥を塗ったようなものだ。これで左馬介を下手人として捕まえたならばまだしも、上から別の者が手を下していたと教えられて引きあげるはめになった。

これは一つまちがえば、町奉行所を揺るがしかねない大事であった。

なにせ、金主を堂々と疑ったのだ。

分銅屋仁左衛門が出入りを止めるくらいですめば上々、下手をすれば噂を聞いた豪商たちが、南町奉行所頼りにならずと、一斉に北町奉行所へ鞍替え（くらがえ）しかねない。そうなれば、町方役人の収入は激減、紺足袋を履いているどころの話ではなくなる。

まさに大失策であった。その詫びも有り、身分が上の町奉行所与力清水は、町人よりも先に部屋に入り待つという気遣いまでした。

「縄張りごえだけでございますか」

分銅屋仁左衛門が不満を口にした。

「……………」

清水が苦い顔をした。

「あれでも優秀な同心でな」

町奉行所の人事にまで口を出すなとの意味であった。

「わかりましてございまする。清水さまをご信頼申しあげまする」

これ以上の要求はしないと分銅屋仁左衛門が引いた。

「そうしてくれると助かる」

ほっと清水が安堵のため息を吐いた。

「用はすんだかの」

清水がもういいかと問うた。

「いえ、佐藤さまのことはついででございまして……」

分銅屋仁左衛門が左馬介が脅されたことと、昨夜盗人が入りこんだらしいことを伝えた。

「……むう」

聞いた清水が唸った。

「それはいかんな」

「お願いをいたしたく」

言った清水に、分銅屋仁左衛門が頼んだ。

「もちろんである。町方は江戸の安寧を守るのが役目である。担当の定町廻りだけでなく、臨時廻りにも注意するように命じておこう」

決まった町内を巡回して、異常がないかどうかを見て回る定町廻りと違い、臨時廻りは担当地区をもたず、どこにでも出張れた。

定町廻りを長く勤めた老練な同心が任じられるもので、腕利きでなければなれないとされているのが臨時廻りであった。

「その方々に」

すっと分銅屋仁左衛門が用意していた紙包みを出した。金を鎖としたのだ。

「いや、さすがに受け取れぬ」

失態があったばかりだけに、清水が手を振って遠慮した。

「佐藤さまにおわけいただくのはご勘弁願いますが、わたくしどもの店をお見廻りくださるお方には、お礼をするのが当然でございまする」

もう一度分銅屋仁左衛門が紙包みを前に出した。

「……そこまで言うならば、いただこう」

清水が紙包みを受け取った。

「では、よろしくお願いいたしまする」

用はすんだと分銅屋仁左衛門が町奉行所を出た。

「……佐藤猪之助はいるか」

金包みを懐に収めた清水が、奉行所大門を入って右にある同心控えを覗いた。

「湯屋に行くと先ほど出ましてござる」

なかからいないと返答があった。

「そうか。ならばまだ捕まえられるな」

清水が同心控えに続く土間へと目を移した。

「誰か、儂が呼んでると佐藤に知らせてくれ」

土間には同心たちから手札をもらっている御用聞きがたむろしていた。清水が御用聞きたちに頼んだ。

「よろしゅうござんすか、旦那」

一人の御用聞きが、同心控えへと問うた。

「ああ、行ってくれていい」

同心の一人が許可を出した。

「借りるぞ」

一応清水も声をかけた。

御用聞きというのは、腰が軽くなければ務まらない。すばやく駆け出した御用聞きが、四半刻（約三十分）もかからずに帰って来た。

「湯屋の前で出て来られた佐藤さまと行き会いました。まもなくお出でで」

御用聞きが清水に報告した。

「ご苦労だった。あとで一杯やってくれ」

清水が小粒を一つ御用聞きに渡そうとした。

「受け取れません」

手札をくれている同心よりも上役になる与力からの心付けに、御用聞きが手を振った。

「かまわぬ。もらってくれ。その代わり、また無理を言うゆえな」

無理矢理、清水が御用聞きに金を握らせた。

「旦那あ」

御用聞きが手札をくれている同心に情けない声で呼びかけた。

「もらっておけ。清水さま、代わりましてお礼を申しあげまする」

同心控えから、壮年の同心が顔を出して、頭をさげた。

「ありがとうございまする」

御用聞きがようやく受け取った。

三

呼び出された佐藤猪之助は、息を切らせて呉服橋御門への道を駆けていた。

お成り先でも着流し御免と同心たちは自慢する。武士はかならず袴をつけねばならないという決まりが、町方同心には適応されない。下手人や犯人を追って走らなければならないとき、着流しだと尻端折りができ、足に着物がまとわりつかずにすむという実利を考えたものだ。それを特権として受け止め、将軍の前でも袴はつけなくてもいいと嘯いているが、そのじつは武士扱いされていないだけである。

裾を軽く端折って走っていた佐藤猪之助が、不意に止まった。

「あれは、分銅屋の用心棒じゃねえか」

呉服橋御門を出たところにたたずむ左馬介を佐藤猪之助が見つめた。

「なんで、あいつが」

佐藤猪之助が首をかしげた。

「……徒目付が気にしていたくらいだ。やはりあいつにはなにかある」

目つきを厳しくした佐藤猪之助が左馬介へと歩み寄った。

「よう」

「……町方の」

佐藤猪之助に声をかけられた左馬介が驚いた。

「どうしてここに……」

「南町の同心だぞ、おいらは。呉服橋御門にいて不思議ではなかろうが」

疑問を口にした左馬介に、佐藤猪之助が答えた。

「それより、おめえさんがここにいるのは、分銅屋か」

佐藤猪之助が確認した。

「なんの用で分銅屋は、南町に」

「なにやら与力どのにご相談があると」

問われた左馬介が、具体的なことを省いて述べた。

「与力さまに……」

さっと佐藤猪之助の顔色が変わった。

「……やはり、そのことでのお呼び出しか」

佐藤猪之助が独りごちた。

「まずいな」

もう左馬介にかまっている余裕はない。別れも告げず、南町奉行所へと走り出した。

佐藤猪之助を見つけた門番が伝えた。

「清水さまが、同心控えでお待ちでございまする」

「同心控えでだと……」

教えられた佐藤猪之助が戸惑った。普段、与力が同心を叱るときは、他の者に聞かれないよう、奉行所内の空き座敷を使うのが慣例であった。

「お急ぎを、かなりお待ちでございます」

「すまぬ」

門番に急かされた佐藤猪之助が、焦って門横の同心控えへ飛び込んだ。

「清水さま、お呼びと伺いました」

佐藤猪之助が清水の前で足を止めた。

「うむ。話があってな」

「……分銅屋のことでございますか」

清水が分銅屋仁左衛門から合力金をもらっていることは佐藤猪之助も知っていた。

「そうだ」

「ならば、別室で」

同心控えには、他の廻り方同心と御用聞きもいる。佐藤猪之助が他人目を避ける方がよいのではないかと問うた。

「いいや、皆にも聞かせておくべきことだ」

「分銅屋の一件で、皆にも……」

佐藤猪之助が首をかしげた。

「少し邪魔をするぞ」

清水が同心控えに足を踏み入れた。

「どうぞ」

筆頭同心が己の場を譲った。

同心と与力は同じ町方として、親しくしている。不浄役人と言われ、他の旗本、御家人から嫌われているというのもあり、通婚や養子縁組も組内でしかせず、その絆(きずな)は強い。

それでも与力と同心には大きな壁があった。

同心はどれだけ手柄を立てようが、筆頭与力の娘を妻に迎えようが、決して与力へ出世できなかった。

上座で立ったまま、清水が同心たちを見回した。

「さきほど、浅草門前町の両替商、分銅屋仁左衛門から訴えがあった」

「分銅屋が」

「浅草門前町だと、北町の担当だな」

清水の発言に、同心たちが反応した。

「訴えは二つ。一つは分銅屋の奉公人が湯屋に出向いたときに、御家人だと名乗った武家風の男二人に白刃で金を出せと脅されたこと」

「真の御家人だと面倒だな」

「浪人が御家人だと名乗って、町方の介入を避けようとしただけではないか」

「太刀を抜いたというのは、放置できぬな」

同心たちが難しい顔をして話をした。

「二つ目は、昨夜、分銅屋に盗人が入ろうとしたらしい。床下の桟に細工をした跡があったそうだ」

「それは……」

「両替商ならば金はある。狙われるのも当然といえば当然だが……」

一層、同心たちのざわめきが大きくなった。

「浅草門前町の治安がそこまで落ちているのはよろしくない。我ら町方の鼎（かなえ）を問われることにもなりかねぬ」

同心たちが落ち着くのを待って、清水が言った。

「見廻りを強化する。北町への配慮も要るが、臨時廻りは浅草門前町をこまめに見てくれるように」

「承知」

「気を配りましょう」

臨時廻り二人がうなずいた。

「縄張り外の定町廻りどもは、己の縄張りへ向かう経路に浅草門前町を取りこむようにいたせ」

「はっ」

「わかりましてございまする」

縄張り外での手出しはすべきではないが、それでも町方同心の姿があるだけで、掏摸（すり）や盗賊は逃げていく。

「ただし、佐藤だけはならぬ」

皆の前で清水が釘を刺した。

「承知いたしておりまする」

すなおに佐藤猪之助が首を縦に振った。

「………」

他の同心もなにがあったかはわかっている。誰もが黙って佐藤猪之助を見た。

「よいか、分銅屋に近づくだけではないぞ。どこからか分銅屋にかんする問いがあったりしても、口外はするな」

清水が厳しく命じた。

「はい」

すでに徒目付に話をしてしまっている。だが、口止めされる前のことならば、問題はない。佐藤猪之助は報告をせずに、俯いた。

「もし違えたら、八丁堀におられなくなると思え」

「それは……」

身内だけにかばい合うのが当たり前だと思っていた佐藤猪之助が顔色を変えた。

「きさまがしでかしたことがどれほどまずかったか、わかっていないようだな。一つまちがえれば、南町に合力してくれている大名家、商人のすべてを失ったかも知れぬのだぞ」

清水が叱責した。

「すべての出入りを失う……」

「金がなくなるではないか」

聞いていた他の同心が動揺した。

「そなたたちもよく覚えておけ。手柄を焦って無理をしたら、こうなるのだとな」

そう述べて、清水は同心溜まりから出ていった。

「佐藤……」

「見廻りにいってくる」

話しかけられるのを避けるように、佐藤猪之助が同心控えから逃げ出した。

「……終わったな」

同心の一人が呟いた。

「ああ。今度の長歳は越せまい」

別の同心が首肯した。

長歳とは、大晦日から正月へと暦が移ることをいう。

「某、長歳申し付けるものなり」

年番方与力から、そう言われた同心は新年以降も同じ役目を務められる。

「長歳を許さず」

こう言われた同心は、今の役目を取りあげられる。

佐藤猪之助が来年も定町廻りを務められないのは、今の清水の態度で皆にわかった。

「合力をくれている、それも分銅屋ほど大枚を出してくれている出入りに、しつこく絡んだのだ。しかたあるまい。今すぐに役目を取りあげられぬだけ温情だぞ」

筆頭同心が騒ぎたてる連中を抑えにかかった。

「たしかにそうでございますな」

歳老いた同心が納得した。

長歳できない同心はそこそこいた。隠居するものや、他の役目へ移る者も長歳できない。ようは、長歳できなかったからといって恥にはならない。だが、その前に役目を剝がされれば、大きな失敗をしたと誰にでも知られてしまう。それを清水は避けてくれた。

「さて、清水さまがわざわざ我らにあの話を聞かせた意味はわかるな」

筆頭同心が一同に問いかけた。

「出入り先を怒らせるな」

「名誉挽回の機を逃すな」

同心たちが口にした。

「そうだ。次、分銅屋を怒らせれば、南町は北町よりも悲惨な目に遭う」

強く筆頭同心がうなずいた。

もともと分銅屋仁左衛門は北町の同心を出入りにしていた。その同心が分銅屋仁左衛門を手に入れようとした札差加賀屋の金に転んで敵対、怒った分銅屋仁左衛門が北町を捨てて、南町へ出入りを変えた。

江戸でも名の知れた分銅屋仁左衛門が、出入りを北から南に変えた。この意味を理解できないようでは、生き馬の目を抜くという江戸で大店だという看板は背負えない。

さすがに分銅屋仁左衛門が動いてすぐにはなかったが、江戸でも名の知れた店が何軒か、北町から南町へと出入りを移していた。

もちろん、その原因を作った北町の同心野島は、定町廻りを外され、今では河岸などで事後が起こらないよう荷物の状況を確認する高積見廻りという閑職に飛ばされていた。

「よし、わかったなら気を引き締めろ」

「はっ」

「出ます」

筆頭同心の奮励に、同心たちが同意した。

徒目付の安本虎太と佐治五郎は、目付芳賀御酒介の前で恐縮していた。

「なにもえるものはなかったのだな」

二人の報告に、芳賀が怒りを見せた。

「よくそれで徒目付が務まるものだ」

「申しわけございませぬ」

佐治五郎が平伏した。

目付相手に言いわけはまずかった。言いわけはその場逃れと取られかねず、より怒りを増すことになりかねない。

「用心棒に絡んでも収穫なし、店には忍びこめさえしない」

大きく芳賀が嘆息した。

「…………」

安本虎太と佐治五郎の二人は息を殺した。

「まあよいわ。前よりはましだな。あやつらは何一つ持ち帰ることなく、無駄死にした」

「……つっ」

同僚を誹られた安本虎太が唇を噛んだ。

「その点、そなたたちは分銅屋が普通の商家ではありえないほどの厳重な守りを敷いているということを持ち帰った。これだけでも分銅屋になにかあるとわかる」

「畏れいりまする」

評価に佐治五郎が感謝した。

「このあとは、いかがいたしましょう」

佐治五郎が次の指示を求めた。

「不要じゃ」

芳賀が冷たく言った。

「もう、そなたたちは要らぬ」

「はっ」

「では、これで」

弊履のごとく捨てられた安本虎太と佐治五郎だったが、安堵をしていた。

「わかっておるだろうが、一切、他言を禁じる」

「承知いたしておりまする」

芳賀の念押しに佐治五郎が首肯した。

目付の探索は極秘が常である。かかわった徒目付、小人目付(こびとめつけ)なども厳格に守秘することが課せられていた。

「ふむ。わかっておらぬようだが、この一件は大きくなるだろう。少しでも漏れれば、我らの身が危ないだけでなく、幕府が崩れるもとにもなりかねぬ」

平伏している二人に、芳賀が語った。

「それだけの大事である。小さな穴さえ許されぬ」

芳賀が一度言葉を切った。

「我ら以外に、今回のかかわりを知っているのは、そなたたちだけじゃ。もし、少しでも漏れた形跡があれば、そなたたちしかおらぬということになる」

「芳賀さま……」

「それは」

安本虎太と佐治五郎が驚愕した。

芳賀は情報漏洩(ろうえい)があったときは、有無を言わさず二人を処罰すると言っていた。

「さがれ」

抗弁したそうな二人を、芳賀は手を振って追い出した。

目付部屋二階の資料室、別名密談部屋を出た二人の顔色は悪かった。

「…………」

「安本」

「佐治」

徒目付部屋へ入った二人は、隅で辺りを警戒しながら顔を見合わせた。

「南町奉行所同心の佐藤に知られているぞ」

直接佐藤猪之助に話を訊いた安本虎太が蒼白になった。

「我らの正体を知られてはおらぬだろうが、分銅屋の用心棒にも顔を見られている」

佐治五郎も頬を引きつらせていた。

「どうする」

「用心棒はまだしも、同心がまずい。拙者は役目と名前を告げた」

同心に話を訊くのに、身分姓名を明かさずにとはいかなかった。

「まずいな」

佐治五郎が眉間にしわを寄せた。

「今更、同心に口止めするわけにもいかぬ」

「かえって気にかけるな」

人というのは好奇心が旺盛なものだ。駄目だと言われたことほど知りたくなる。秘密だと禁じられたことほど、他人に話したくなるものである。

「なにより、町方役人を害すると、町奉行所が黙っておらぬぞ」

どの役所も同じだが、普段は出世競争で足を引っ張り合う仲でありながら、ひとたび外から攻撃されると一致団結する。

とくに蔑視されている町奉行所の結束は固く、同じ町方役人に傷を付けた者を決して許さない。どこまでもしつこく追いかけて来る。

「しかし、漏れるとしたら、あやつしかないぞ」

安本虎太が親指の爪を嚙んだ。

「町方役人は金に弱いからな」

佐治五郎も同意した。

「今日で、芳賀さまの用も御免になった。しばらくは手が空くだろう。我らであの同心を見張らぬか」

「ふむ。その手があるな。もともと我ら徒目付の任は、他人に報告するものではない。指名でもない限り、なにをしていようともごまかせる」

秘を旨とするのが目付、徒目付であった。しばらく詰め所へ顔を出さなくとも咎められることはなかった。

「では、交代で見張ろう。まずは、拙者が行く」

安本虎太が名乗りをあげた。

「頼む。では、拙者は分銅屋をもう少し調べるとしよう」

佐治五郎も動くと告げた。

四

あまり顔を出すなと田沼主殿頭(とのものかみ)意次に言われた分銅屋仁左衛門だが、さすがにこの状況を放置はできなかった。

「とはいえ、顔を出すわけにもいきませんしねえ」

お側御用取次と金貸しをやっている両替商では、あまりにつきあいがなさすぎた。

「一度くらいならば、新しい出世頭へ伝手(つて)を作ろうとして顔を出したで通りましょうが……」

分銅屋仁左衛門が苦悩していた。

「書状では足りぬのか」

直接行けないのなら、手紙を書けばいいと左馬介が提案した。

「書状では、うまく伝わりませんよ」

文章にはどうしても限界があった。顔と顔を合わせて話せば、その言葉以外にも、表情や口調などの情報が加えられる。手紙だとどうしても感情が制限を受けた。また、書ける内容にも限界がある。手紙というのは奪われて読まれるかも知れないという怖れを含んでいる。

「それもそうか」

左馬介もため息を吐いた。

「ですが、書状を差しあげるというのは一手でございますね」

分銅屋仁左衛門が首を縦に何度も振った。

「今、手紙は駄目だと……」

理解できないと左馬介が怪訝な顔をした。

「詳細を書くのではなく、お呼び出しをさせていただけばよいのですよ。どこかの料理屋でも、いや田沼さまが足を運ばれても不思議ではないところへ、わたくしがお邪魔してもいい」

名案だと分銅屋仁左衛門が、早速手配に入った。

「喜代、喜代、硯と紙を用意しておくれ」

分銅屋仁左衛門が手を叩いた。

「はい」

すぐに喜代が硯と墨、筆と紙を持って現れた。

「今、墨を」

喜代が墨を磨った。

「……これでよろしいか。喜代、これを飛脚に託してください。田沼主殿頭さまのお屋敷へ届けてもらってくださいな」

書状を厳重に包んで、分銅屋仁左衛門が喜代に渡した。

「田沼さまのお屋敷までならば、店の者に届けさせればよろしいのではございませんか」

喜代が問うた。

飛脚というのは書状や荷物を運ぶ仕事である。仕事だけに相応の金がかかった。奉公人ならば、ただですむ。喜代の疑問は当然なものであった。

「ちょっと都合でね。当家の者だと知られたくないんだよ」

分銅屋仁左衛門が首を左右に振った。

「わかりましてございまする。では、わたくしが行って参りまする」

喜代がうなずいた。

「お願いしましたよ」

分銅屋仁左衛門が喜代に任せた。

「男にさせたほうがよいのではないか」

昨日のことがあったばかりである。左馬介が危惧を表した。

「昼間ですからねえ。人通りもありますから大事ないでしょうが……」

言われて分銅屋仁左衛門が悩んだ。

「飛脚屋は浅草寺さまの前を少し過ぎたところの路地を入ってすぐ、歩いてもそれほどかかりませんが……」

「拙者が行こうか」

左馬介が申し出た。

「それこそとんでもない。諫山さまは顔が売れすぎてます。その諫山さまが飛脚屋へ入っていけば、どこに届けられるかを見とどけようとする者が出てきましょう」

分銅屋仁左衛門は、まだ店が見張られていると考えていた。

「たしかにそうでござるな」

左馬介も同意した。

「さて、拙者は店の周りを見てくるといたそう」

用心棒としての職務を果たすとして、左馬介が腰をあげた。

左馬介が店の外に出るときは、普段は裏口からにしている。用心棒がいるぞと見せつけて盗賊たちのやる気を削ぐためには表から出て、辺りを睥睨する。だが、そうでないときは、店への出入りをあまり見られるわけにはいかなかった。

最近、毎日湯屋に通っているおかげで身ぎれいになった左馬介は、尾羽打ち枯らした浪人といった感じではなくなっている。生まれてこの方仕官をした経験がないため、武士としての貫禄はないが、すれ違った人から眉をひそめられることはなくなっている。

とはいえ、商家に浪人者はそぐわない。浪人にはどうしても押し借りをしたり、喰い逃げをするといった悪い印象が付いてしまっている。そんな浪人が出入りするような店へ普通の庶民は近づきたくない。

しかし、盗賊の侵入が確認されたばかりである。

「ふうむう」

左馬介は表から外へ出た。

暖簾を撥ねあげた左馬介は、店の前に立ちはだかるようにして、辺りを睥睨した。

ここには、分銅屋には用心棒として、己が居るぞと周囲へ見せつけたのだ。

「忌々しい奴め」

いつものところで見張っていた佐治五郎が、唇を噛んだ。

「仕留めてくれたいところだが……」

佐治五郎が歯がみをした。

「……あれは」

左馬介に近づく人影を見て、佐治五郎が緊張した。

南町奉行所与力清水から厳しく言われた同心たちは、分銅屋を気にせざるを得なかった。とくに管轄を持たず、江戸の町どこでも担当できる臨時廻り同心は、二人のうち一人が絶えず浅草門前町に張り付いているといった状況であった。

「おぬしが分銅屋の用心棒か」

その臨時廻り同心の山中小十郎が、左馬介に声をかけた。

「いかにも、さようでござるが……」

左馬介が見かけない同心に首をかしげた。

「南の臨時廻りの山中だ。異状はないか」

山中小十郎が、問うた。

「今のところ、なにもござらぬ」

左馬介が大丈夫だと応じた。

「それはなによりだ。こちらも門前町まで行き帰りしてみたが、みょうな連中は見られなかった」

山中小十郎が告げた。

「それはかたじけなし」

相手は役人である。左馬介は頭をさげた。

「いかがでござろうか、よろしければなかへお入りいただき、お茶でも」

左馬介が分銅屋仁左衛門に山中を会わせるべきかと考えた。

「ありがたいことだがな。今はいい。それよりも話を聞かせてもらいたい」

山中が接待を断り、左馬介に訊きたいことがあると言った。

「なんのことでござろうか」

町方役人の尋問には懲りている。左馬介が警戒した。

「おぬしが襲われたとかいうゆすりの侍、その人相についてだ」

「ああ、それでござるか」

先日の井田の一件ではないとわかって、左馬介はほっとした。

「どのくらいの身の丈だった」

山中小十郎の質問が始まった。

「拙者より、一人は二寸（約六センチメートル）ほど低く、もう一人はほぼ同じくらいでござった。歳のころは二人とも拙者より少し上といった感じでございましたな。顔つきは……」

訊かれたことに左馬介は答えていった。

「ふむ、ふむ」

臨時廻り山中小十郎が、それを紙へ記していった。

「……どうだ、こんな感じか」

すっと山中小十郎が紙をこちらに向けた。

「おう、似ている」

山中小十郎が描いていたのは似顔絵であった。一目見て左馬介は感心した。

「臨時廻りには、こういった小技も要るんだよ」

山中小十郎が、なんでもないことだと手を振った。

「いや、なんと言えばいいのだろうか。本職の絵師はだしでござる」

左馬介は感動していた。

「あとは髪を、もう少し乱せば……」

左馬介は付け加えた。

「こうか……」

すぐに山中小十郎が筆を走らせた。

「これ、これでござる」

左馬介が興奮して似顔絵を振り回した。

五

「……あれは」

遠目に見張っていた佐治五郎が左馬介の振った似顔絵を見た。

「まずいっ」

佐治五郎が蒼白になった。

「似ているかどうかまではわからぬが、あの浪人め、似顔絵を作らせたか」

距離がありすぎて、詳細はわからないが、今、左馬介と町方役人が似顔絵を囲むとなれば、己たちのことしかなかった。

「慎重にことを運ばねばならぬと思っていたが……そうも申しておれぬ」

佐治五郎の目が左馬介をにらみつけた。

「安本と相談せねばならぬ」

左馬介を殺すなと言った己が、それをひっくり返す。変節も甚だしいが、命には代えられない。

「……なんだ」

「できるだけ早く殺さねば」

もう一度佐治五郎が左馬介を殺気の籠もった目で見つめた。

「…………」

その殺気に山中小十郎が反応した。

「感じられただろう」

左馬介も固まった。

「あ、ああ」

山中小十郎の確認に左馬介はうなずいた。

「……あいつか」

左馬介の背中の向こうを山中小十郎がさりげなく見た。

「似ているな」

「なんだと」

山中小十郎のつぶやきに左馬介が反応し、振り向いた。

「あっ。馬鹿が」

相手に気づかれる行為を、左馬介が取った。山中小十郎が、思わず罵った。

「くっ」

似顔絵に焦ってうろたえたとはいえ、その動きを見逃すようでは徒目付などやっていられない。

佐治五郎が見つかったことを知り、背を向けた。

「くそっ。待ちやがれ」

山中小十郎が佐治五郎めがけて走った。

「…………」

追われているからと後を振り向くのは悪手(あくしゅ)である。走りながら首を後にねじる行為は、体勢を崩すもとになり、体勢が崩れれば速度が落ちる。

また、一瞬とはいえ前が見えなくなることで、飛び出して来た人や、店の軒先から突き出ている看板などにぶつかる可能性も出てくる。

佐治五郎は後を振り向かずに駆け続けた。

「待て、南町奉行所の者だ。そいつを捕まえてくれ」

縮まらない距離に、山中小十郎が焦って周囲の庶民に協力を求めた。

「………」

だが、誰も応じなかった。追いかけられているのが町人ならば、まだ前に立ち塞がるくらいはしただろうが、侍となればいつ刀を抜くかわからない。迂闊に手出しをして怪我を負ってもつまらない。

触らぬ神にたたりなしは、庶民にとって生きる知恵であった。

「ちいい」

山中小十郎が舌打ちをした。

少しでも進路を邪魔してくれたらと思ったが、かえってその声が庶民たちを離れさせることになり、佐治五郎の前に道を作ってしまった。

「無念な」

どれほど町方役人が、人を追うのに長けていても、一人で距離のある者を追い詰めるのは難しい。

途中で路地へ曲がった佐治五郎を見失った山中小十郎が天を仰いだ。

「逃がした……まあいい。これで分銅屋の話が嘘ではないとわかったし、似顔絵もある。これを使えば、あやつを見つけ出すのはさほどの難事ではあるまい」

山中小十郎が、負け惜しみを口にした。


余裕で山中小十郎を撒いた佐治五郎は、安本虎太の屋敷を訪れた。

徒目付は二百俵前後の御家人が抜擢されることが多い。町方与力、同心のように組屋敷を与えられ、まとまっているわけではないが、よく似た石高の御家人の屋敷は固まっている場合が多かった。

「あいにく、主人はまだ戻っておりませぬ」

応対に出た妻女が安本虎太は留守だと告げた。

「御用のことで至急会いたいとお伝え願えるか。拙者佐治五郎と申す。屋敷は安本氏がご存じでござれば」

佐治五郎は安本虎太を探しに行くという愚を犯さず、自宅で待つことにした。

「刻限は気にされず」

夜遅くなってもかまわないと付け加えて、佐治五郎は安本虎太の屋敷を後にした。

「……待たせた」

じりじりとしながら待っていた佐治五郎のもとに、安本虎太が来たのはすでに四つ（午後十時ごろ）の鐘が鳴った後であった。

「あの同心め、長々と岡場所で遊びおって、組屋敷に帰るまで見張っていたら、この刻限になってしまった」

愚痴をこぼしながら、安本虎太が佐治五郎の前に座った。

「…………」

「なにがあった」

黙っている佐治五郎に安本虎太が真剣な表情になった。

「浪人が町方役人に我らの人相書きを作らせていた」

「人相書き……」

「絵だ。遠目だったが……我らが描かれていた」

「まずいな」

佐治五郎の言いたいことを、安本虎太が読んだ。

「我らの顔が町方役人に知られた。南町の山中とか申していた者にな」

「待て、拙者と話をしたのも、佐藤猪之助とかいう南町の同心であったぞ」

安本虎太の額に汗が浮いた。

「佐藤猪之助を片付けるしかないな」

焦りを伝染された佐治五郎も興奮した。

すでに夜遅い。いかに町奉行所でも、このような刻限から与力、同心を集めて似顔絵を確認させはしない。

「明日の朝までにだ」

安本虎太の目つきが変わった。

まちがいなく、山中小十郎が持ち帰った似顔絵は、明日の朝、与力、同心に配られる。そうなったとき、佐藤猪之助が安本虎太だと気づかないはずはなかった。

「……なれど」

激していた安本虎太が一気に醒めた。

「八丁堀で同心を殺せば、町方役人が黙ってはおるまい。それこそ北町、南町の区別なく必死に探索してくることになる」

「やる気を出させるか」

佐治五郎の熱も下がり始めた。

「このままなら、南町奉行所だけですむものを、北町奉行所まで協力してくるとなれば、単純に人手が倍か」

焦りが狭窄していた思考を拡げていく。佐治五郎も悩んだ。

「我らは徒目付だ。たとえ見つかったところで町奉行所に捕まることはない」

「ただ、町奉行から目付部屋に一報くらいは入るだろう」

安本虎太と佐治五郎が顔を見合わせた。

目付は千石高、町奉行は三千石高と大きな差がある。とはいえ、町奉行も目付の監察を受ける。目付によってその職を奪われた町奉行は今のところいないが、町奉行はまちがいないと言われておきながら、目付に足を掬われて失脚した者はいる。

目付は旗本の花形と言われながら、そのじつは嫌われ者でしかない。そんな目付に嫌味を言える好機なのだ。町奉行が目付に安本虎太と佐治五郎のことを話すのはまちがいない。

「…………」

見逃してやっているという意味も含めた嫌味を黙って聞き流すような目付はいない。たちまち安本虎太と佐治五郎は目付に呼び出され、罪を言い渡されることになる。

「芳賀さまのご指示で」

などという言いわけは通らないどころか、よりまずい結果を呼ぶ。目付は謹厳実直、潔白でなければならないのだ。その目付が徒目付に命じて、浪人を脅させたなどと噂でもされれば、一気にその権威は失われてしまう。

「我らに身を慎めと申しておきながら、目付が庶民を脅させるなど論外である」

怖れられている目付を失脚させる絶好の機会である。それを見逃すほど、他の役人は甘くない。

「目付にも制限をつけねばなるまい。目付が手出しできるのは、旗本だけにいたそう。そもそも大名は大目付の管轄であった。それを目付が代行している今がおかしい」

幕初、敵対するかも知れない外様大名の削減に重きをおいた幕府は、大目付に多大な権限を与え、多くの大名を改易してきた。熊本の加藤、広島の福島など数十万石の大大名が潰されれば、万をこえる浪人が生まれた。職を失った浪人はその多くが自暴自棄になり、斬り取り強盗などに落ち、各地の治安は悪化した。それでも幕府は方針を変えなかった。その幕府を揺るがしたのが四代将軍家綱就任の直前に起こった慶安の役であった。江戸神田連雀町に住んでいた軍学者由比正雪を首魁とする浪人二千人が、江戸、駿河、京、大坂で一斉に挙兵、混乱に乗じて家綱を襲殺、そのまま天下を乗っ取るという計画は、あまりにずさんで、訴人されて潰えた。が、天草の乱、慶安の役と二度にわたる浪人主体の謀反は、幕府の心胆を寒からしめた。

「これ以上、浪人を作らぬように」

大政委任だった三代将軍家光の異母弟保科肥後守正之の考えもあり、大名を潰さない方向へ幕府は転換、大目付はその仕事を失った。

旗本の顕職、隠居前に就任する名誉職になりはてた大目付に代わったのが目付であった。とはいえ、大目付の権限を正式に委譲されたわけではなく、単に代行しているだけであり、老中にも及ぶ監察権は幕府役人へのものでしかなく、一大名への強制力は目付にはなかった。

「昔に戻せ」

老中がこう言いだし、目付から己たちを糾弾する権を奪おうとするのはまちがいない。

「勝手にやったことにして、口を封じられるだけだな」

佐治五郎が吐き捨てた。

どこでも同じだが、都合が悪くなれば、その責任は直接動いた者たちに被せられる。

「なになにをしろとは言ったが、そんなまねをいたせとは命じていない」

「勝手に先走ったのだ」

「手柄を立てようと無理をいたしたのであろう」

上役はかならず、部下に責任を押しつける。また、それを幕府は認める。幕府は忠孝をその芯においている。どのような事情があっても、下克上は許されなかった。

「南町奉行所だけならば、さほど熱心には動くまい。なにせ、被害はなにもないのだ」

「たしかに。我らはあの浪人を脅したが、金も奪っておらぬし、怪我もさせておらぬ。若い娘が襲われたわけでもない。むさ苦しい浪人が、脅しを受けたていどで懸命に走り回るほど町方役人は暇ではなかろう」

町方役人という者がどれほど出入り先を気にするかを、徒目付は知らなかった。

「となれば、放置が第一か」

佐治五郎が結論を口にした。

「いや、放置はまずかろう。やはり佐藤には手をうっておかねばならぬ」

「殺さずにどうすると」

「話をしてみよう。町方役人にお目付さまのことなどわからぬ。極秘の探索であったと言えば、口止めくらいにはなろう」

問うた佐治五郎に、安本虎太が答えた。

「大事ないか」

佐治五郎が懸念した。

「あの同心のことは、拙者に任せてもらおう」

安本虎太が胸を叩いた。

「拙者はどうする。さすがに分銅屋に近づくのはまずいぞ」

佐治五郎が渋い顔をした。

「芳賀さまへの対抗手段を模索してくれ。芳賀さまがお目付でおられるかぎり、我らに安寧はない」

「……芳賀さまをどうこうする。むうう」

難題に佐治五郎が首をひねった。

「……そうよな。一手打ってみるか」

しばらく考えた佐治五郎が顔をあげた。

「どうする」

「遠国御用に出たとされている相田たちの家族に、皆殺されたと教えてやろうと思う」

分銅屋へ押し入ろうとしてお庭番馬場大隅と村垣伊勢によって殺された三人の徒目付は、大川へ捨てられていた。

「芳賀さまではなく、他のお目付さまに問い合わせるよう遺族たちをしむければ……」

「目付は目付をも監察する……か。おもしろい。そうなれば芳賀さまも我らどころではなくなるぞ」

佐治五郎の案に、安本虎太がうなずいた。

「とはいえ、これは諸刃の剣だぞ。遺族たちが誰から聞いたかをしゃべれば……」

安本虎太が懸念を表した。

「そのあたりをどうするかが胆になるか。いい手を思いつくまでしばし保留するしかないな」

「だが、止めには使えるぞ。もう、芳賀と坂田が我らの仕業と知ったところで、どうしようもない状態にまで持ちこんでおけば……」

悩む佐治五郎に安本虎太が述べた。

「止めか。では、まずその前に傷を付けることから始めねばならぬ。我らは徒目付じゃ。お目付の権には勝てぬが、実際の探索には慣れておる。今回の一件でも、芳賀さまも坂田さまも町奉行所役人や分銅屋に会ってさえいない。我らが持ち帰った話を聞いただけだ。すべてを語っておらぬことにも気づいてはいまい。道しるべを隠してもいる。なんとか迷路に押しこむことはできよう。どれ、二人にもう一度呼び出される前に動くとしよう」

佐治五郎が手を叩いて、腰をあげた。

第四章　対権対金

一

　目付芳賀御酒介が、分銅屋の前に立った。目付は騎乗できる身分であるため、城下への出務は基本として馬を使う。もちろん、人通りの多い江戸市中で馬を走らせることはなく、小人目付が手綱を持っていた。

「お目付芳賀御酒介さまである。一同控えよ」

　手綱を持っていた者とは別の小人目付が、大声を出した。

　小人目付は徒目付の配下で、定員は百人、十五俵一人扶持の持ち高勤めで、中間よりましといった低い身分であった。

火事場見廻り、変事立ち会い、町奉行所、牢屋敷巡回、目付外出の随伴などを任とし、勤めあげれば、町奉行所同心改め役や、将軍お馬口取りなどへと出世した。

「お目付さま……」

店先で帳面を付けていた番頭が呆然とした。

「た、ただちに」

あわてて番頭が店先へ降り、暖簾をたくし上げた。

「どうぞ、なかへ」

「うむ」

番頭があげた暖簾を潜って、芳賀が土間へと足を踏み出した。

「なにをしておる、主を呼ばぬか」

小人目付がまだ暖簾をあげ続けていた番頭を叱りつけた。

「へ、へい。お待ちを」

跳びあがった番頭が、奥へと駆けこんでいった。

「お目付さまが、お見えだと」

奥で、ここ最近の銭相場を確認していた分銅屋仁左衛門が、怪訝な顔をした。

「そのようにお名乗りでございました」

番頭が店先の方を指さした。

「勘定方じゃなくて、目付がかい」

繰り返した分銅屋仁左衛門に、左馬介が不安そうな顔をした。

「分銅屋どの」

「落ち着いてくださいよ」

分銅屋仁左衛門が左馬介を宥めた。

「火事のことだとしても、諫山さまには一切かかわりなしで通しますから」

「……すまぬ」

左馬介が詫びた。

「当たり前のことですよ。火を付けられたのは、わたくしの持ちもの。諫山さまはそれを消しただけ。火事を消して罪になるようなら、火消し人足なんぞ、とっくにいなくなっております」

「それはそうだが」

落ち着かせようとしている分銅屋仁左衛門に、左馬介はまだ不安そうな表情を浮かべた。

「ことにいたれば大胆なまねをなさる割に、追いつめられるまでは小心者ですな、諫山さまは」

分銅屋仁左衛門が苦笑した。

「では、終わりましたら呼びに行かせますから、長屋でお休みになっていてください」

目付から離れていていいと分銅屋仁左衛門が許した。

「すまぬ。そうさせてもらおう」

左馬介が安堵した。

「さて、待たせる相手ではありませんからね」

分銅屋仁左衛門が立ちあがった。

「……ありがたいことだ」

見送った左馬介が、台所口へと回った。左馬介は使用人なので、店表に履きものを脱げない。

「おや、諫山先生」

女中の喜代が、左馬介の姿に驚いた。

「小腹でも空かれましたか」

「拙者はそこまで飯好きだと思われているのか」

喜代に言われた左馬介が落胆した。

女中で二十歳を過ぎているとはいえ、喜代はなかなかの美形である。用心棒として雇われている店の女中に手出しをするのは、最大の御法度であった。一度でもそれをすれば、二度とまともな商家で用心棒はできなくなる。

そもそも奉公人の不義は、どこの商家も許してはいない。見つかれば、男も女も身許引き受け人を呼びつけられたうえで、放逐される。そのていどの者を紹介したあるいは、保証をしたとして身許引き受け人に恥を掻かせる形になり、少なくとも町内にはいられなくなる。また、新しい奉公先も見つからない。新たに奉公をするには、前にいた商家や職人の紹介状あるいは、不祥事での辞職ではないとの書きものが要る。

奉公人でさえ、そうなのだ。日雇いの浪人なぞ、もっと酷い目に遭う。まず、仕事を紹介してくれた口入れ屋からは、縁を切られる。それどころか、江戸中の口入れ屋へ、顚末を記した書状が回る。そうなれば、まずまともな仕事にはありつけなくなった。残るは賭場の用心棒か、金貸しの取り立てくらいしかない。

闇に落ちた浪人の末路は悲惨である。賭場での争いで殺されるか、町方役人に捕まえられて牢屋敷へ送られるか、酒か博打に溺れて、身体を壊すかになる。

どれほど喜代が魅力ある女でも、左馬介にとって鬼門でしかない。

「分銅屋どのから、少し長屋へ帰っていろと言われたのでな」

台所口の隅に置かれている雪駄を履きながら、左馬介が告げた。

「では、お昼は」

喜代が用意をするかどうかを問うた。

「お呼びがあるまで待機だからな、悪いが後でも食べられるよう、握り飯でも作っておいてもらいたい」

浪人にとって一食といえども貴重である。左馬介が願った。

「わかりました。作っておきます」

喜代が引き受けた。

「かたじけない。では」

女中に嫌われて、首になった用心棒は多い。左馬介は喜代に礼を述べて、台所を出た。

「…………」

分銅屋の裏木戸は、出て左右のどちらにでも通じている。左馬介は長屋に向かうため、左へと進んだ。

「ちょっと待て」

歩き始めた左馬介の背中に、制止の声がかかった。

「拙者かの」

路地に他の人影はない。知らぬ顔をするわけにもいかず、左馬介は足を止めて振り向いた。

「今、そこの裏口から出てきたであろう」

袴(はかま)の股立(ももだ)ちを上げ、臑(すね)を丸出しにした武士が厳しい目つきで左馬介を見ていた。

「……いかにもさようでござるが」

一瞬、知らぬ顔をしようとした左馬介は、あからさまな偽りを見せるのはまずいと考えて、認めた。

「分銅屋の用心棒か」

「失礼だが、貴殿は」

他人にものごとを問うならば、まず身分をあきらかにするのが常識なのだ。誰かもわからない相手に、訊かれたことをなんでもしゃべるようでは、用心棒としても、人としても失格であった。

「生意気な。たかが浪人風情が、御上役人たる吾に向かって、問うなど分不相応な」

武士が目を吊り上げた。

「御上役人と言われたが、どこでそう判断すればよいのか。後学のために教えていただきたい」

左馬介は嫌味を匂わせながら、ていねいに尋ねた。

「股立ちと言われるならば、中間、駕籠かきも同じだが……」

「そのような下賤の者と同じくするな。拙者は御上お小人目付の坂根幸四郎じゃ」

わざとらしく首をかしげた左馬介に、武士が苛立ちを含んだ声で名乗った。

「お小人目付どのか。それはお見それいたした」

身分を聞かされた以上は、相応に対応しなければならなくなる。背筋を伸ばしてから、深く左馬介が謝罪した。

「……わかればよい」

そうされてしまえば、咎めるわけにもいかない。坂根幸四郎と言った小人目付が、怒りを収めた。

「もう一度訊く、そなたは分銅屋の用心棒か」

「用心棒ではなく、帳面清書で雇われておりまする」

町奉行所同心からの人定質問に、そう分銅屋仁左衛門が答えていた。左馬介は、後で齟齬が出てはまずいと考えた。

「帳面清書……」

坂根幸四郎が首をかしげた。

「昔の帳面を新しい紙に書き写しながら、まちがいがないかどうかを確かめておりまする」

左馬介が説明した。

「まあよい。ちょっと来い」

考えるのを止めた坂根幸四郎が、左馬介に命じた。

「仕事を終えて、帰るところなのでござるが……」

左馬介は嫌がって見せた。

「御上のご指示に逆らうか」

坂根幸四郎が色めき立った。

「そのようなつもりはございませぬが……いささか疲れておりまして。後日というわけには……」

「ならぬ」

左馬介の抵抗は、無駄に終わった。

「どちらにご同道すれば」

「表へ回れ。そこでお目付さまが、分銅屋と話をなされておられる。そこまで参る」

さっさと坂根幸四郎が背を向けた。

「…………」

逃げ出すわけにはいかない。それこそ、分銅屋仁左衛門に迷惑がかかる。黙って左馬介は、坂根幸四郎にしたがった。

二

店先で芳賀は立ったままで待っていた。

「お待たせをいたしましてございまする。当家の主、仁左衛門でございまする」

奥から出てきた分銅屋仁左衛門は、足袋はだしのまま土間へ降りて、芳賀へ深々と腰を折った。

「目付芳賀御酒介である」

背筋を伸ばしたままで芳賀が応じた。

「役儀をもって尋ねる」

御用の筋だと芳賀が最初に宣した。

「なんなりと」

頭を垂れたままで分銅屋仁左衛門が質問を受けた。

「当家から火事が出たと聞いたが、真であるか」

芳賀が厳粛な雰囲気で質問した。

「とんでもございませぬ。当家で火事など出ておりませぬ」

分銅屋仁左衛門が否定した。

「偽りを申すな。火事を起こしたであろう」

声をさらに厳しくして芳賀が咎めた。

「ご無礼ながら、どこから当家が火事を起こしたなどとお耳になさいましたのでございましょうや」

顔をあげて分銅屋仁左衛門が逆に尋ねた。

「そのようなこと、答える義理はない」

芳賀が拒んだ。

「それはみようなことを仰せられまする。どこから出たかもわからぬ噂で、お疑いは迷惑でございまする」

「きさま、無礼ぞ」

同行していた小人目付が、分銅屋仁左衛門を怒鳴りつけた。

「田中」

芳賀が小人目付を手で制した。

「……はっ」

小人目付が引いた。

「仁左衛門と申したの。今ならまだ許せるぞ。火事を出したであろう。火付けでなく、失火ならば咎めはない」

宥めるように芳賀が声音を柔らかくした。

「起こしていないものを認めるわけには参りませぬ」

分銅屋仁左衛門が否定した。

「町奉行所へ確認してもよいのだな」

「どうぞ、お心のすみますように」

商人にとって町方は面倒な相手である。いかに金を遣っているとはいえ、旗本に対し、絶大な権力を持つ目付から言われれば、動きかねなかった。

分銅屋仁左衛門は一瞬の遅滞もなく、応じた。

「火事の跡がないかどうか、確かめるぞ」

「けっこうでございまする」

それも分銅屋仁左衛門は拒まなかった。

「おい」

「はっ」

芳賀の合図で、小人目付たちが分銅屋のなかへと入っていった。

「どうぞ、お上がりくださいませ」

客間でお待ちをと分銅屋仁左衛門が勧めた。

「不要」

一言で芳賀が断った。

「お目付さま」

そこへ坂根幸四郎が暖簾を割って顔を出した。

「やはり裏口から出たか」

芳賀が分銅屋仁左衛門を見ながら笑いを浮かべた。

「…………」

分銅屋仁左衛門は顔色一つ変えなかった。

「入れ」

言われた左馬介が、店へと足を踏み入れた。

「おや、諫山さま。お帰りではございませんでしたので」

「長屋へ帰ろうと勝手を出たところで、こちらの御仁に留められての」

怪訝な顔をした分銅屋仁左衛門の質問に、左馬介が坂根幸四郎に目をやった。

「そちは、何者であるか」

分銅屋仁左衛門と左馬介の間に、芳賀が割って入った。

「浪人諫山左馬介でござる」

左馬介が答えた。すでに相手が目付だとは坂根幸四郎に聞かされている。ここで同じように、誰何(すいか)するほど左馬介は愚かではなかった。

「浪人……どこの藩だ」

「父の代からの浪人でございますれば、どこに仕官していたかは存じませぬ」

芳賀に訊かれた左馬介が首を横に振った。

「父から聞いておるだろう。出はどこかくらい」

しつこく芳賀が訊いた。

「あいにく、父はとうとうそれを語ることなく亡くなりました」

「ふん、よほど不祥事を起こしたのだな。でなければ、そこまで頑(かたく)なに隠さずともよい」

知らないと重ねて答えた左馬介を、芳賀が貶めた。

「かも知れませぬ」

あっさりと左馬介は同意した。

浪人ほど世のなかで不要な者はない。世間では一応先生と呼ばれているが、あれはけなして怒らせればなにをするかわからないから、とりあえず持ちあげておけという庶民の対応策である。裏に回れば、穀潰し、役立たずなどと悪口を言われていることを左馬介は身をもって知っていた。

なにせ、仕事がなく、金がないのだ。生きるために、恐喝、喰い逃げ、押し借りなどやる浪人がいるのだ。

嫌がられる、あげつらわれる、皮肉を聞かされるなど、左馬介は悪意になれていた。

「むっ」

反応が気に入らなかったのか、芳賀が眉をひそめた。

「菩提寺はどこだ」

それでも芳賀はあきらめなかった。

「父と母ならば、回向院に」

回向院は明暦の火事で犠牲になった者を弔うため、四代将軍家綱が建立した万人塚を創始としている。その趣旨から、宗派や身分を問うことなく埋葬を受け付けていた。

「ではないわ。先祖代々の菩提寺じゃ」

「さあ、それも聞かされておりませぬ」

左馬介は告げた。

「先祖の供養もいたしておらぬのか。とても武士とは思えぬ」

芳賀がまたしても左馬介を挑発した。

「その日その日生きていくのが精一杯で、とてもその余裕はございませぬ」

苦労なく家禄を告げる武士とは違うと左馬介は暗に反した。

「こやつっ」

さすがは旗本の俊英、芳賀が左馬介の言葉に含まれた毒を見逃さなかった。

「拙者の故郷にずいぶんこだわられまするが、なにか」

いい加減うるさくなってきた左馬介が逆に問い返した。

「そちなどどうでもよい。仁左衛門についての調べである」

「さようでございまするか。では、拙者はお邪魔でございましょう。これにて御免こうむりましょう」

芳賀の言葉尻をつかまえた左馬介が、辞去しようとした。

「待て、そちも仁左衛門のかかわりである」

逃がすかと芳賀が引き留めた。

「……………」

左馬介は口をつぐんだ。

「お目付さま」

分銅屋のなかをあらためていた小人目付が戻って来た。

「どうであった。焼け焦げなどは見つけられたか」

芳賀が期待した。

「いえ、まったくございませんでした」

「よく見たのだろうな」

「はい。壁に鼻を付けて臭いまで確かめましてございまする」

手を抜いたのではなかろうなと上司に言われたのだ。必死に小人目付が抗弁した。

「ふむう」

芳賀が腕を組んだ。

火事で面倒なのは飛び火であるが、それ以外にも煙と臭いもかなりやっかいであった。

　どちらも建物に染みつくのだ。煙は障子や襖を煤けさせ、焦げた臭いは障子、襖だけでなく土壁などにも染みこむ。

　分銅屋仁左衛門は、火事を起こした隣を潰して土蔵を建てるときに、店の壁も塗り直し、襖、障子の張り替えもおこなっていた。

「蔵のなかは見たか」

「鍵がかかっておりまする」

　芳賀の確認に、小人目付が首を左右に振った。

「なにをしておる。蔵のなかに燃えたものを仕舞っておるかも知れぬではないか」

　小人目付たちを叱責しながら、芳賀が分銅屋仁左衛門へと顔を向けた。

「蔵を開けよ」

「お断り申しあげまする」

　芳賀の命を、分銅屋仁左衛門が拒絶した。

「……なんだと。目付の指示をきけぬと申すか」

　拒まれるとは思わなかったのか、芳賀が一瞬啞然とした。

「両替屋の蔵には、金以外のものもございまする」

「金貸しをしているらしいな。借財の形にとったものであろう」

すぐに芳賀が口にした。

「はい。それをお見せするわけには参りませぬ」

「なぜだ」

頑なな分銅屋仁左衛門の態度に、芳賀が首をかしげた。

「ご身分にかかわるお方さまからのお預かりものもございまする」

「むっ」

分銅屋仁左衛門の一言に、芳賀がうなった。

借財するには、相応の価値があるものを形として差し出さなければならなかった。これは借財を返せなかったとき、金貸しへの弁済として遣われる。大名貸しをしている分銅屋仁左衛門の蔵には、名のある名宝が多く保管されていた。

さすがに将軍家拝領のものを形に差し出すことはできないが、それ以外ならばなんでもいい。なかには娘を借財の形として、商家へ嫁に出す大名もいる。

当然だが、借財が増えれば、形の値打ちもあがる。万両ともなれば、名の知れた宝物でなければ釣り合わないのだ。そして名宝は世に知られている。蔵のなかをあらためれば、確実にそういった名宝を見つけることになる。それは誰が分銅屋仁左衛門から借財をしているかを知るのと同義であった。

「目付が、それを他人に漏らすことはない」

芳賀が宣した。

「わたくしはもちろん、信じておりまするが他の方々はいかがでございましょう」

分銅屋仁左衛門が懸念を表した。

「ああ、黙っているというのはございません。商いは信用が第一。信用をなくした両替商に大事な金や品物をお預けくださる方はおられません」

「………………」

先回りされた芳賀が分銅屋仁左衛門の報告するという話に黙った。

「では、品物には手を触れぬ。なかを見るだけでよい」

芳賀が折衷案を出してきた。

「お断りいたしまする。見るだけと仰せられましたが、なかへ入られれば同じでございまする。お預かりしているものに傷が付いたり、なくなったりしたときの責任はどうなりましょう。当家の者だけしか出入りせぬのならば、わたくしがすべての責めを負いまする。それが主というもの。しかし、お役人さまが入られて、なにかあったとあれば、こちらも迷惑」

考慮に値しないと分銅屋仁左衛門が首を横に振った。

「きさま……」

芳賀が分銅屋仁左衛門を睨みつけた。

「…………」

分銅屋仁左衛門は目をそらさなかった。

「わかった。今日のところは蔵を見るのはあきらめよう」

「おわかりいただけて助かりまする」

今日のところはと条件を付けながらも引いた芳賀に、分銅屋仁左衛門が頭をさげた。

「諫山であったの」

不意に芳賀が、左馬介を呼んだ。

「さ、さようでございまする。拙者になにか」

かかわりないと油断して二人の遣り取りを見ていた左馬介が少しおたついた。

「付いて参れ」

「えっ」

なにを言われたか左馬介は理解できず、怪訝な声を出した。

「吾が屋敷まで来いと言ったのだ」

「拙者がでございまするか」

まだ左馬介は事態を飲みこめていなかった。

「そうじゃ。そちに訊きたいことがあるゆえな」

「仕事が……」

ちらと左馬介は分銅屋仁左衛門のほうを見た。

「よいな、仁左衛門」

断らせぬと芳賀が押しつけた。

「よろしゅうございますが、諌山さまへのお手当は出しませせぬ」

働かないぶんは出さないと分銅屋仁左衛門が告げた。

「それは困る。明日の米が……」

月に三両という金額で雇われているので、一日、二日での減額はない。それをあえて口にした分銅屋仁左衛門に、左馬介は合わせた。

「安心せい。儂(わし)が考えてつかわす」

「かたじけないが……」

芳賀の保証を聞いた左馬介が、分銅屋仁左衛門に目をやった。

「あんまり長いとこちらは困りますので、次の方をといたしますが」

「困る。困るぞ。それは」

首を匂わせた分銅屋仁左衛門に、左馬介があわてて見せた。

「明日には帰す。もっとも、こやつが帰りたいと言えばの」

嫌らしい笑みを芳賀が浮かべた。

「さようでございますか。そのときは、そのときのこと」

分銅屋仁左衛門が平然と流した。

「では、参るぞ」

「お待ち願いたい」

促した芳賀に左馬介が頼んだ。

「なんじゃ」

「じつは、昨日も湯屋に行けておらず、今日もまだでござる。いささか身体の汚れが気になり申す。臭うようではお目付さまにご無礼かと思うだけでも、気がうわずってしまい、まともにお話をできないかと思いまする」

風呂へ行かせろと左馬介は求めた。

「逃げぬか」

「決して。逃げては、仕事を失いまする。仕事を途中で逃げ出した浪人に、誰も手を伸ばしてはくださいませぬ」

　左馬介が強く述べた。

「坂根」

「なんでございましょう」

　芳賀が小人目付を呼んだ。

「こやつに付いておれ。半刻（約一時間）で吾が屋敷まで連れて参れ」

「承りましてございまする」

　坂根幸四郎が指示にうなずいた。

「邪魔をしたの、仁左衛門。二度と会わぬことを願っておるぞ」

「お目付さまのお手をわずらわせないよう、専心いたしまする」

　鋭い目つきで睨む芳賀に、分銅屋仁左衛門がていねいに腰を折った。

三

　分銅屋から行きつけの湯屋は近い。そのまま店を出た左馬介は、行きつけている湯屋の暖簾を潜った。

「お入りにならぬのか」

付いて入ろうとしない坂根幸四郎に左馬介は問うた。

「拙者はここで待つ」

坂根幸四郎が首を横に振った。

「なかで見張らずとも……」

「……湯屋に行く金を持ち合わせておらぬ。あと小半刻（約三十分）ほどしかないぞ。急げ」

苦そうに頬をゆがめながら、坂根幸四郎が左馬介に手を振った。

「わかった。急ごう」

左馬介は首肯した。

江戸の湯屋は、大人一人八文のところが多かった。背中を流してもらう三助を頼むなら別に心付けが四文から十文、無料の麦湯はあるが、女湯を覗ける二階の湯上がりどころを使うならば四文の心付けが別にかかる。

とはいえ、江戸の庶民にとって必須とされる湯屋である。その日暮らしの者でも入れるよう、値段は抑えられている。

ただし、微妙なところで差を付けるようになっていた。

ちょっと余裕のある客は正月、上巳(じょうし)、端午、七夕、重陽(ちょうよう)の節季ごとに湯屋番へ二百文ほどの心付けを渡す。これをした客を三助は覚えておき、顔を見たらかならず無料で背中を流す。

また、十月のなかごろ、湯屋はいっせいに風呂場で使う留め桶(とおけ)を新調する。このとき、留め桶代として、二百文、三百文、五百文、二朱、一分のいずれかを払うと、湯屋の羽目板に名前が記され、客として行くと新しい留め桶を使えるだけでなく、三助がその留め桶に新しい湯を注いでくれる。

見栄っ張りな江戸の職人は、争って金を出し、なかには金文字で留め桶に名前を入れさせ、己専用にする者もいた。

八文と入るだけなら安い湯屋も、少しいい思いをしたいと思えば金を払わなければならない。

いうまでもないが、左馬介にそんな余裕はない。背中など自らの手で洗えばすむし、留め桶が多少古かろうが、お湯さえ汲めればいい。

余分な金を遣わない左馬介が、湯屋で嫌われていないのは、分銅屋の奉公人として扱われているからであった。

町内で商いをしている分銅屋仁左衛門は、どうしても評判を気にしなければならない。留め桶の新調に金を出さなければ、羽目板に名前が載らない。

「稼いでいるのに、けちなやろうだ」

その日暮らしの職人たちが一食抜いてでも二百文から五百文を出すのだ。湯屋の羽目板に名前がない商人は嘲笑を受ける。

「留め桶の代金も出せねえ。表から見ていると派手に商いをしているようだが、そのじつはそれだけの金もない火の車じゃねえのか」

なかにはそう悪意のある取り方をする者もいる。

商人にとって、内情が悪いという噂はまずい。資金を借りようとしたときに影響が出るのは当然、場合によっては長いつきあいをしてきた問屋から、商品の納入は現金と引き換えにと言われかねない。

商人は基本として安く仕入れたものを高く売って儲けを出す。だから一個ずつの仕入れなどはしない。数をまとめて買うことで、一個あたりの単価をさげてもらっている。

当たり前だが、大量に仕入れたものは、そうそう売り切れない。仕入れてから儲けが出るまで、いささかの期間がかかる。すべてを売り切らずとも、六割くらい捌ける までは儲けは出ず、赤字の状態なのだ。馴染みの仕入れ先となると、節季ごとの決済になるので、赤字は帳面上ですみ、実際に支払いが起こるまでに儲けが出れば店に損はない。

それが即時現金決済となると、最初に赤字を抱え、それを売ることで解消していくという形になってしまう。

こうなれば借財が終わるまで、新たな仕入れはできなくなってしまう。取り扱える商品の種類が減ることになり、そうなると客も来なくなる。行ったところで同じものしか置いてなければ、無駄足になる。

新しい商品を並べられず、客が来なくなった店は、そう遠からず潰れるのは避けられない運命であった。

そうならないために、町内の商家はよほど小さな店でない限り、こういったものに金を遣っている。

分銅屋仁左衛門も湯屋に心付けと留め桶の代金を出していた。

「おいでなさいやし、分銅屋の先生」

湯屋の番台に座っていた男が、左馬介を歓迎した。

「どうなさいやす。二階は」

男がちらと天井を見た。

湯屋の二階は湯上がりのお茶を出すだけでなく、女風呂を覗いて楽しめるようになっていた。

「いきたいところだがな、今日は急いで出なければならぬ」

左馬介が嘆息した。

「そいつは残念、さっき婀娜な年増が入っていきやしたのに。こう、胸と尻が張って……」

みょうな手付きを男がしてみせた。

「勘弁してくれ。ここのところご無沙汰なのだ。話を聞くだけでも毒だ」

「あははは、すいやせん」

情けなさそうな顔をした左馬介に、男が笑った。

もう顔なじみになった左馬介は、分銅屋の焼き印の入った木札を持って来なくてもすむようになった。

「すまぬがの。これを後から来た分銅屋の者に渡して欲しい」

左馬介は懐に仕舞っていた鉄扇を男に差し出した。

「こいつをお預かりすればよろしゅうございますので……うおっ、重い」

受け取った番台の男が、鉄扇の重さに驚いた。

「ただの扇子じゃございませんので」

「ああ。父の形見でな。ただ、今から行くところに持っていけぬのだ。分銅屋の主どのには通じてあるゆえ、頼む」

怪訝な顔をした番台の男に、左馬介がざっくりとした事情を語った。

「よろしゅうございますよ」

番台の男がうなずいた。

太刀はものが危ないだけに、番台近くに置き、誰かが触らないよう見ていてもらう。素早くふんどし一枚になった左馬介が、浴室へ入った。

「小半刻か……垢すりの前に髪を洗うか」

江戸の湯屋は蒸し風呂がほとんどである。大坂のように水が十分使えないというのもあり、小さな浴槽に熱々のお湯を張り、そこから出た蒸気を浴室に満たすことで汗を搔かせ、垢を取りやすくする。

入ったばかりで汗を搔いていない状態のときに垢すりをしても痛いだけで、汚れは落ちない。いつもならば、ゆっくりと浴室の床に胡座を搔き、汗が噴き出るのを待つが、今日はそうしていると間に合わない。

左馬介は髷というか、総髪をまとめている組紐の端切れを解き、さんばらにする。

そこへ湯と水を混ぜ、温くしたものをかけ、濡らした髪をむくろじの実を割って袋に入れたものでこすっていく。むくろじの実から出た泡が、髪の汚れを落としてくれた。

その日暮らしの浪人は、髪を椿油などでまとめない。まず油を買う金がないという理由もあるが、洗うのがかなり面倒になるからだ。椿油を使えば、髷を整えられるが、埃が付きやすく、油を落とすための手間もかかる。さんばら髪は、身形として小汚く見えるが、紐で括っておけば、邪魔にならず、少しは身だしなみをしているように取られる。

「よし、汗が出た」

髪を洗い終えた左馬介は、湯屋備え付けの垢すり用の竹べらを手にした。

誰が使ったかわからない竹べらでも、効果は変わらない。たまに、気を付けていないとへらの部分がささくれ立ったりしていて、傷を受けることもあったため注意は要った。

「これでいいか」

手早く留め桶に湯をもらい、身体を流して左馬介は風呂を出た。

「遅いぞ。女でもこんなにかかるまいが」

待たされていた坂根幸四郎が、さっぱりとした顔の左馬介に怒りをぶつけた。

「申しわけなし。では、案内を。お目付さまのお屋敷はどちらかの」

一応詫びて、左馬介は坂根幸四郎を急かした。

「付いてこい」

不機嫌なままで坂根幸四郎が、先に立った。


「分銅屋さん」

左馬介が湯屋を出てしばらくしたころ、湯屋の番台にいた男が分銅屋仁左衛門を訪れた。

「どうかしましたか」

「これを、お宅の先生が」

問うた分銅屋仁左衛門に、番台にいた男が鉄扇を差し出した。

「諫山さまが、お忘れに」

受け取った分銅屋仁左衛門が首をかしげた。

「いえ分銅屋の方に預けてくれと」

「残していかれましたか。それはそれは」

うれしそうに分銅屋仁左衛門がうなずいた。

「わざわざお届けくださったのでございますか」

「どなたかがお見えになったときに渡してくれればとのお話でしたが、親の形見だと聞かされては……」

番台にいた男が、そんな大事なものをずっと持っているのは嫌だと首を横に振った。

「それはすまなかったね。これを取っておいておくれ」

すばやく分銅屋仁左衛門が一朱を番台にいた男へと渡した。

「こ、こんなつもりじゃ」

「一度出したものを引っ込めさせないでおくれよ」

そう言って分銅屋仁左衛門が返却を拒んだ。

「すいやせん。遠慮なく」

誰でも金は欲しい。得意先というのもあり、遠慮した男だったが、強く勧められると喜んで受け取った。

「……まったく、気遣いは一流だね」

番台にいた男を見送って部屋に戻った分銅屋仁左衛門が、鉄扇を前に頬を緩めた。

「鉄扇を置いていく。諫山さまにとって鉄扇は太刀以上に大事なもの」

武士にとって刀は魂だといわれている。ゆえに浪人は太刀を手放さない。妻や娘を悪所に沈めても、最後の最後まで太刀を売らないのが武士であった。なかには太刀の中身を売って竹光にしても、拵えだけは残して腰に差している者もいる。

浪人にとって太刀は、己がまだ武士であるとの矜持であった。

それが左馬介は違っていた。

「鉄扇の道場を開き、それで喰えればと夢見ている」

一度分銅屋仁左衛門が将来について問うたとき、左馬介はそう言って鉄扇を大切そうにしていた。

その鉄扇を分銅屋仁左衛門に預ける。

「目付の誘いがなんであっても受けない。どれほどの大金を積まれても、揺るがないという宣言ですか。いや、さすがは諫山さまだ。義理堅い」

分銅屋仁左衛門が感心した。

「義理には義理で応えないといけませんね。なんといっても店の旦那は、奉公人を守るのが仕事でございますから」

鉄扇を腰に差して、分銅屋仁左衛門が立ちあがった。

「ちょっと出かけてくるよ。急ぎだからね、足の速い駕籠を呼んでおくれ」

分銅屋仁左衛門が店を出た。

四

目付芳賀御酒介の屋敷は、赤坂氷川神社側にあった。

本禄六百石の芳賀屋敷は、よく似た規模の旗本屋敷が並ぶなかにあり、案内されなければまずわからなかった。

「こちらじゃ。いいか、お目付さまに無礼な態度を取るなよ」

門前で足を止めた坂根幸四郎が左馬介に釘を刺した。

「承知いたしてござる」

左馬介は首を縦に振った。

「坂根でござる。ご命により諫山左馬介を召し連れました」

小人目付とはいえ、身分は御家人になる。その御家人が、目付屋敷の門番小者(こもの)に、深々と腰を曲げた。

「承っておる。主に報せるゆえ、しばし待て」

門番小者が偉そうに指示した。

「……………」

無言で屋敷へ向かっていく門番小者の背中を坂根幸四郎が見つめていた。

「……お許しが出た。入れ」

戻って来た門番小者が、潜り戸を開けた。

「御免」

「…………」

坂根幸四郎が一礼し、その後に左馬介は黙って続いた。

「失礼のないようにと申したはずだ」

門番小者から離れたところで、坂根幸四郎が苦情を申し立てた。

「お目付さまには気を遣えと言われたが、門番に愛想を振れとの指示は受けておりませぬが」

左馬介が首を左右に振った。

「……浪人は気楽でよいな」

坂根幸四郎が嘆息した。

六百石ていどの旗本屋敷は、敷地三百坪から五百坪くらいある。この差は、与えられた場所が江戸城に近いほど狭くなり、遠くなるほど広くなるという需要度の問題の他に、家柄がどこまで古いか、役付きの期間がどれほど長いかなどによって変わった。

芳賀の屋敷はかなり広く、旗本として上等の部類だと、左馬介にもわかった。

「ここだ」

玄関まで行ったが、上がることなく坂根幸四郎は、脇の供待ちへ入った。

供待ちとは来客の従者たちが、主の用がすむまで待つ場所である。身分によって供待ちにも何種か有り、もっとも上級となれば客間の隣だったりするが、最下級だと門脇の土間になった。玄関脇の供待ちは、小者が待つ門脇よりもましだが、士分の待合ではなく、足軽や駕籠かきの場所であった。

「座るなよ。お目付さまは厳しいお方ぞ」

供待ちには壁から板が突き出ており、従者はそこに腰をかけて主の出を待つ。その板を坂根幸四郎は使うなと注意した。

「座ることもできませぬとは」

左馬介は嘆息した。

「黙っていろ」

坂根幸四郎が左馬介を叱った。

「……来たか」

半刻以上待たせたにもかかわらず、顔を出した芳賀は詫びさえ口にしなかった。

「そちが分銅屋に雇われてどれくらいになる」

座れとも言わず、芳賀が問うた。

「数カ月になりましょうか」

別段隠すことではないと左馬介は答えた。

「その前はなにをいたしていた」

「日雇い仕事でございまする」

「……日雇い仕事とはなんだ」

芳賀が説明を求めた。

「左官が壁を塗るのはご存じでございますや」

「それくらいは知っておる」

馬鹿にされたと思ったのか、確認した左馬介を芳賀が睨みつけた。

「その壁にする土と藁と水を、足でこねるのでござる。他にも大工の道具を運んだり、普請場の後片付けをしたりしておりました」

左馬介がかつてやっていた仕事を語った。

「いくらくらいもらえるのだ。一日で一分くらいになるのか」

「とんでもない。よくて一日三百文、普通は二百文から二百五十文といったあたりでございまする」

世間知らずな芳賀の言葉に、左馬介は大きく首を振った。

「そのていどとは……」

聞いた芳賀が驚いた。

「それでも毎日働けば、月一両ほどになりまする」

ずっとそうやって生きてきたのだ。左馬介はむっとして言い返した。

「ふん。で、分銅屋からはいくらもらっている」

左馬介の過去を鼻先で笑って、芳賀が訊いた。

「……一日六百文でございまする」

本当は月に三両だが、それを言うと先ほど分銅屋仁左衛門が言った、今日の分は払わないという話と矛盾する。頭のなかで勘定をして、左馬介が告げた。

「高めに申したのではなかろうな」

ほんのわずかな遅れを芳賀は見逃さなかった。

「いえ。なんでしたら分銅屋どのに問い合わせていただいてもけっこうでございまする」

左馬介が胸を張った。

「火事はあったな」

　不意に芳賀が本題に入った。

「存じませぬ」

　そう来るだろうと思っていた左馬介は、平然と否定した。

「偽りを申すな。火事はあったはずだ」

「いつのことでございますや。拙者が分銅屋どのに雇われてからは、ございません」

　日時を指定してくれと左馬介は要求した。

「仁左衛門が店の隣に新しく蔵を建てる前だ」

「そのころでしたら、朝から昼過ぎまでの仕事でございましたゆえ、それ以降から翌朝までは、店におりませんので、なにも知りませぬ」

　左馬介は知らないで逃げた。

　存じないも知らないも、意味は同じである。ただ、ないと答えてしまうと、あとでばれたときに偽証したことになる。知らないといえば、どうにでも言い逃れはできた。

　これも浪人として日々の糧（かて）を得るために習得した処世術であった。

「夜から朝までおらずとも、火事があれば臭いとか雰囲気でわかろうが」

　芳賀はそう簡単にあきらめなかった。

「と言われましても……」

左馬介が困惑した顔を見せた。

「雇い主を悪く言えぬか」

ふっと芳賀が表情を緩めた。

「安い金で雇われたとはいえ、忠義なことだ。うむ、見事であるな。浪人にしておくには惜しい逸材である」

「………」

芳賀が褒めたことに、左馬介は戸惑った。

「恥ずかしい話、今どきの侍はかつての気概を失っておる。先祖から受け継いだ禄を当たり前のものと思い、なんの努力もせぬ。禄をいただく以上、それに勝る御奉公をしてこその旗本である」

「……つっ」

嘆く芳賀に左馬介は小さく呻いた。

左馬介は田野里の家臣、井田の末期（まつご）を思った。村垣伊勢、分銅屋仁左衛門のおかげで、もう引きずってはいないが、井田が言いたかった代々禄をもらう恩というものは、左馬介に大きな衝撃を与えている。

その譜代という誇りを、芳賀は認めていない。浪人に誇りはない。誇りでは生きていけないのだ。だからこそ、誇りには敬意を払っていた。とくに井田と戦ってから、その思いを強くしている。

他にも田沼意次と話をしたりして、その想いも感じている。

旗本ならば、軽重はあろうが持っている譜代という矜持、それを今の旗本はなくしていると嘆く芳賀を左馬介は認められなかった。

「このようなことで天下は保てぬ。旗本はもっと忠義に励み、御奉公に身を粉にせねばならぬ」

芳賀がそこで言葉を切った。

「諫山であったな」

「…………」

あらためて確認するものではないと左馬介は返事をしなかった。

「そう緊張するな。そちにとってよき話である」

口をつぐんだ左馬介に、芳賀が安堵するように述べた。

「よき話……でございますか」

左馬介が警戒した。

「うむ。そちを召し抱えてやろう」

芳賀が左馬介を家臣に取り立てると言った。

「……なんと仰せで」

一瞬、左馬介は理解できなかった。

「仕官させてくれると言ったのだ」

鈍い反応の左馬介に、芳賀が小さな苛立ちを見せた。

「拙者を、お目付さまがお召し抱えくださる」

左馬介がようやく飲みこんだ。

「どのていど使えるかわからぬゆえ、最初から高禄はやれぬ。かといって仕官を促すのだ。足軽というわけにもいくまい。どうだ、士分で二十俵一人扶持では」

「……うっ」

芳賀の出した条件に、供待ちでじっと立っていた坂根幸四郎が呻いた。

「どうかしたのか」

しっかりと芳賀が聞き咎めていた。

「いえ。無礼をいたしました。お許しくださいませ」

坂根幸四郎が謝罪した。

「こやつに出した禄が不満か」

「………」

　当てられた坂根幸四郎が黙った。

「小人目付は十五俵一人扶持、格別譜代の家で三十二俵二人扶持だからな。二十俵一人扶持はうらやましいか」

「とんでもないことでございまする。禄の多い少ないなど問題ではございませぬ」

　強く坂根幸四郎が否定した。

「我らは御家人、将軍の直臣でございまする。いかに禄が多かろうが、陪臣風情とは格が違いまする」

「誇り……」

　坂根幸四郎が強調した。

　左馬介は坂根幸四郎の自慢に憧れた。

「見事であるぞ。それでこそ、御家人である」

　芳賀が坂根幸四郎を讃えた。

「さて、どうであるか。もちろん、働き次第では加増も考えてやる」

　返答を芳賀が求めた。

「畏れ多いことでございまする」

　左馬介はまず感謝を示した。

「おう、引き受けるか」

　ぐっと芳賀が身を乗り出した。

「なれど、わたくしに十分な御奉公ができるとは思えませぬ。謹んで辞退させていただきたく」

「なんだと」

「馬鹿なっ」

　左馬介の断りに、芳賀と坂根幸四郎が信じられないといった顔をした。

「武士になれるのだぞ」

　芳賀が念を押した。

「はい。わかっておりますが、お断りいたしまする」

　きっぱりと左馬介が拒絶した。

「なぜだ。明日から生活の心配が要らぬようになるのだぞ。住むところは長屋がある」

　武家の家臣は主君の屋敷内にある長屋と呼ばれる家を与えられた。加賀百万石前田家のように十万坪をこえる膨大な敷地を持っている大名家ともなると定府の家臣に与えられる長屋もちょっとした武家屋敷並みに広く、独立しているが、数万石以下の大名、旗本になれば、そのほとんどの長屋が、塀に張りついたようにして建っている。敷地も猫の額のようで、酷ければ四畳半一間と土間台所というときもある。が、武家の長屋は家賃が要らず、無料であった。

「二十俵一人扶持では少ないか。だが、独身ならば十分だろう」

一人扶持は一日に玄米五合を現物支給することで、年間になおすとおよそ五俵になり、本禄と合わせると二十五俵となった。

二十五俵は、二十五石取りの武士と同じ手取りになり、金にすると一年で十二両とすこしであった。

庶民は一カ月一両あれば喰えるとされている。これは四人が一カ月長屋に住んで家賃を払いながら、食事を満足に摂ることができるということだ。

武士になるとこの家賃が要らなくなる。その代わり、武士としての表芸である武術を習ったりしなければならなくなるが、これは主家から道場への謝礼など出ている場合が多く、個人としての負担はそのための道具くらいになる。

なにより左馬介は独り身なだけに、食費もさほどかからない。一カ月一両たらずでやっていける。

「嫁をもらっても大丈夫だぞ」

「……それは」

一瞬左馬介の心が動いた。浪人のもとへ嫁に来ようかという女はまずいなかった。食べていけるかもわからない男と一緒になって、子供を産み育てるなど、苦労を背負いこむとわかっている。

それが薄禄といえども武士になれば違う。武士には家禄がある。病をしようが歳を取ろうが、変わらず生活はできる。子供を飢えさせる心配もない。

「どうだ。仕官などまずできぬぞ。それがただ一言告げるだけで、そちのものになるのだ」

もくろみを芳賀が漏らした。

「一言でございますか、なんでございましょう」

すっと左馬介の興奮が醒めた。

「分銅屋で火災があったと言えばいい。それだけだ。言えばこの場から長屋へ連れて行ってくれる」

芳賀が誘った。

「………」

「なにを考えることがある。武士になれるのだぞ。武士に」

黙った左馬介に、芳賀が迫った。

「知らぬものは知らぬとしか申せませぬ」

左馬介が首を横に振った。

「首を縦に振るだけでよいのだぞ」

もう一度芳賀が要求した。

「それだけで末代までの安泰が手に入る」

芳賀が促した。

「末代までの安泰……」

左馬介の心が冷えた。つい先日、それを奪ったばかりの左馬介にとって、芳賀の一言は逆効果であった。

「とてもそのような重荷に耐えられそうもございませぬ。かたじけなきことながらお断りいたしまする。では、これにて」

再度断りを告げて、左馬介は供待ちから駆け出した。奥座敷でないことが幸いした。屋敷のなかでは、芳賀の家臣たちもいる。逃げ出すのは相当困難だったはずだが、玄関脇の土間だったおかげで、雪駄も履いている。玄関から潜り門までの距離はすぐであった。

「お邪魔をいたした」

「おおっ」

門番小者は外から内への警戒を任としている。内から外へは無防備に近い。あっさりと左馬介を外に出してしまった。

「……逃がしたか」

啞然として出遅れた芳賀が苦虫をかみつぶしたような顔をした。

「今一度連れて参りましょうか」

坂根幸四郎が尋ねた。

「……いや、もうよい。今度は来ぬだろう」

目付には浪人を捕まえる権はない。左馬介に手出しをするならば、少なくとも町奉行所に話を通さなければならなくなる。町奉行所に浪人を捕まえる理由を問われても困る。芳賀たちは、当代の寵臣になりかけている田沼意次を排除したいのだ。町奉行が、芳賀たちの頼みを引き受けてくれたとしても、それを田沼意次に報せないという保証はない。他言を禁じたところで、誰が話したかなど現場を抑えでもしない限り咎めるわけにはいかなかった。

「それに、あの男、ずっと知らぬと申していただろう」

「はい」

芳賀に言われた坂根幸四郎がうなずいた。

「一度もなかったとは言わなかった」

「たしかに」

「それにな、あそこまで頑なに拒まれてみろ。ぎゃくになにかを隠しているとしか思えぬぞ」

同意した坂根幸四郎に、芳賀が笑った。

「本当になかったならば、こちらも手詰まりだったが、お陰で攻め口をまちがえていなかったと確信できたわ。後は証を探すだけじゃ。坂根」

「お任せをいただきますよう」

坂根幸四郎が膝を突いた。

「見事見つけてきたならば、小人頭に、いや、町奉行所見廻りに推挙してくれよう」

「町奉行所見廻り……」

出世をぶら下げられた坂根幸四郎が息を呑んだ。

町奉行所見廻りは、与力、同心の不正を監察する役目である。町人から頼まれていろいろ手配りをすることで、余得を得ている町方役人にとって、町奉行所見廻りは天敵である。嚙みつかれては大事になるだけに、その懐柔には気を遣う。町奉行所見廻りになれば、すぐに町方役人から、祝いが届く。貧しい小人目付にとってこの余得は大きかった。

「励めよ」

「ははっ」

激励された坂根幸四郎が勢いこんだ。

五

芳賀の屋敷を逃げ出した左馬介は、何度も道を曲がり、その屋根が見えなくなったところで、ようやく安堵した。

「さすがに追っては来ぬな」

速めていた足を、左馬介は緩めた。目付が人を逃したとあっては恥になる。あるていど離れれば、無理はしないと左馬介は読んでいた。

「用心棒の仕事と仕官は違いすぎる」

左馬介は震えていた。

「金をもらうための用心棒だが、嫌ならば辞められる」

日雇い浪人とはいえ、好き嫌いはある。人と人の相性の問題もある。雇い主と気性が合わない、仕事の内容が最初の約束と違う、給金の支払いが悪いなどで、左馬介のほうから縁を切ったこともままあった。

「それでもどうということはない。せいぜい、紹介してくれた人を通じて、嫌味を言われるくらいだ」

約束していた給金を値切ったとか、用心棒のはずが人足仕事だったとか、そちらが決めごとを破ったにもかかわらず、あんな根性のない浪人を紹介するなど、論外だと嚙みついてくる者はいた。

「それでも事情をちゃんと話せばすむ。場合によっては、酷いやつを紹介したと詫び金をもらえるときもあった」

日雇い仕事のほとんどは、口入れ屋からの紹介になる。人手を欲しがる客に、仕事を探している者を紹介して、手数料をもらうのが口入れ屋なのだ。

「あそこはろくな仕事を紹介しねえ」

「まともな人を寄こしたことがない」

などという評判が立てば、口入れ屋は客を失う。

とはいえ、口入れ屋の商いで、そのすべての仕事先、雇われ人を調べ、大丈夫かどうかなどを見極めることは無理なのだ。

どうしても何十軒かに一軒は日雇いに来る浪人を人と思わず、酷使する商家や職人が出てくるし、何十人に一人、二人はまともに働かず、金だけもらおうとする甘い考えの者がいる。

それらをどううまく捌くかで、口入れ屋の値打ちは決まった。

「だが、仕官は違う。仕官すれば、雇用主と雇われ人ではなくなる。主君と家臣だ。家臣は禄をもらう代わりに、主君に忠義を捧げる。忠義とは、武士における忠義とは、主君が正義だということだ。主君が烏は白いと言えば、家臣はうなずくしかない。うなずかなければ、禄を取りあげられる」

生まれたときからの浪人である左馬介に、宮仕えの経験はない。それでも目付芳賀御酒介の求めているものがなにかくらいは感じ取れた。

「亡くなった父が、吾にどこの大名に仕えていて、なぜ浪人したかを話さなかった理由が今になってわかった」

左馬介は父を思い出していた。

「母が病に倒れ、薬代が要りようになったときでも、決して父は親戚を頼ろうとはしなかった」

薬というのは高い。薬種商へ行き、なんの薬をくれと言ったときでもかなりの金額がかかるが、医者を呼んでその処方を求めたときは、とんでもない額になる。

だからといって、なんの病かわからなければ、どの薬を買えばいいかさえわからないのだ。どうしても一度は医者に診てもらわなければならなくなる。

医者は僧侶と同じ扱いになり、診療は施術と言われるように無料の場合が多い。ただ、僧侶でもお布施をもらうように、医者もただでは生きていけない。医者の場合は謝礼と薬代で金を稼いでいる。このうち薬が大きな割合を占めていた。

「この薬を……」

医者が出せば、薬屋で買う数倍かかる。しかし、最初の一回は出してもらわないと、なにを飲ませばいいのかわからないので、我慢して医者を呼ぶ。

しかし、日雇い浪人の家にとって医者は鬼門であった。一日頑張って三百文、それも毎日仕事にありつけるかどうかわからないのだ。

医者を呼んで薬を出してもらうとなれば、二分はかかる。銭にしておよそ三千文で、無理とは言わないが、かなり厳しい。

二分ですめばいい。一カ月くらいならば、二膳の米を一膳に減らし、醤油だけをおかずにしても我慢できる。

「この病には、人参という高貴薬を使わねばならぬの」

医者がこう言えば、金額は両の単位に跳ねあがる。

「すまぬな」

「いいえ」

父と母は医者を呼ばなかった。もちろん、見捨てたわけではない。日雇いにとってはかなり高価な卵を買い、おかゆに入れたり、白身の魚を手に入れて食べさせたりして体力の回復を願った。

浪人としてできるだけのことを父は母にした。それを左馬介は疑っていない。だが、親戚を訪ね、頭をさげて金を借りていればと思わなかったことがないとは言わない。

「もう、あの面、見たくもない。儂も向こうもな」

一度だけその話をした左馬介に、父は辛そうに顔をゆがめた。

「すみませぬ」

それだけで左馬介は引いた。

結果、母を失い、数年後父も病に倒れたが、とうとうどこの大名の家臣で、親戚が江戸に居るかどうかさえ、左馬介は訊かなかった。

「武士になどなるものではない」

左馬介はあらためて思った。

「ああ、分銅屋だ」

見なれた店構えに左馬介は泣きそうになった。いつの間にか、左馬介は浅草へと帰ってきていた。

「今、戻った」

左馬介は暖簾を潜った。普段ならば、勝手口から出入りするのだが、なぜだか少しでも早く、なかに入りたかった。

「おかえりなさいやし。旦那がお待ちですよ」

番頭が奥を指さした。

「すまぬ」

一礼して左馬介は奥へと通った。

「ご無事のようでございますな」

部屋に顔を出した左馬介に、分銅屋仁左衛門が笑いかけた。

「命はな」

左馬介も口角をあげた。

「お話しいただけますか」

「聞いて欲しい」

分銅屋仁左衛門の求めに、左馬介が芳賀の屋敷での出来事を細大漏らさず語った。

「……ほう」

聞き終わった分銅屋仁左衛門の声が冷えた。

「諫山さまを召し抱えて、証言をさせようと」

「証言すれば、召し抱えるだがな」

ちょっと順番が違うと左馬介が言った。

「どちらでも変わりませんよ。浪人の弱みにつけこむなど」

分銅屋仁左衛門が怒りを露わにした。

「弱みにつけこむのは、分銅屋どのも同じだと思うがの」

家賃のことや飯のことなどで、左馬介はかなり分銅屋仁左衛門にうまく使われている。

「違いますよ。わたくしは諫山さまに無理をお願いしても、嘘を強要いたしません」

「たしかに。無理も金のうちではある。とはいえ、こうも命を狙われるとか、目付ににらまれるとかがあっては、いささか安すぎる気がするぞ」

分銅屋仁左衛門の顔を見て、左馬介はいつもの調子を取り戻していた。

「わたくしもこうなるとは思ってもいませんでしたよ」

こちらのせいではないと分銅屋仁左衛門が反論した。

「そもそもわたくしは両替屋ですよ。盗賊を気にして用心棒を雇い入れるだけですむはずなのが……田沼主殿頭（とのものかみ）さまとご縁ができてからというもの……」

分銅屋仁左衛門が愚痴を並べた。

「だが、田沼主殿頭さまとのつきあいを止める気はないのだろう」

文句を言い続ける分銅屋仁左衛門に左馬介は声をかけた。

「…………」

分銅屋仁左衛門が黙った。

「……ございませんな」

少しして分銅屋仁左衛門が告げた。

「武士でございと反っくり返りながら、足し算さえできやしない。こんな連中にいつまでも世のなかを任してなんかおられません」

分銅屋仁左衛門が目つきを険しいものにした。

「金があるから偉いのではございませんが、米、いや土地にしか価値を見いだせない連中が天下の政をしている。庶民は土地なんぞ持ってさえいない。田を耕している百姓だって、土地は武士のもの。そんな生活にかかわりのないものを価値のものさしとされては、その日稼ぎをして生きて行くしかない庶民はたまりません。働かずとも毎年、年貢が納められる」

「うらやましい話だ。それだけ聞いていると。だが、命はいつでも差し出さねばならぬ」

左馬介は禄をもらう怖さを知った。分銅屋仁左衛門の不平もわかるが、少しだけ捉えかたが変わっている。

「戦がなければ、そうそうありませんよ。先日のお旗本の家臣は、その数少ない例。その辺のお武家さまは、生涯刀を抜くことなく生きてますよ」

「そうだな。あのようなことが再々あってはたまらぬ」

特別だと断じた分銅屋仁左衛門に、左馬介は同意した。

「することもなく、怠惰に禄で生きている。汗水垂らして一文、二文を稼ぐ、その尊さを知らない武家に、金の重さを思い知らせてやることができる。こんな話が二度とあるとは思えません。両替という金で商いをするわたくしにとって、まさに生涯の夢」

「夢か。ならばしかたないな」

左馬介は嘆息した。

「夢は遠くにある。だが、求め、近づこうと努力せぬ限り、決して手にできぬもの」

「はい。もっともどれだけやっても届かぬ場合もありますがね」

しみじみと言った左馬介に、分銅屋仁左衛門がうなずいた。

「いかがです。わたくしの夢に乗りませんか。その代わり、諫山さまの夢にも手を貸しますよ」

鉄扇術の道場をしたいという夢を左馬介は持っている。それの助力をしようと分銅屋仁左衛門が申し出た。

「……夢は一度逃すと、二度と見られぬでな」

少しだけ考えた左馬介だったが、分銅屋仁左衛門の誘いを受けた。

第五章　反撃の緒

一

田沼主殿頭意次は、飛脚が届けてきた書状を前にしていた。

会いたいというのを伝えるのに、使者ではなく飛脚を使ったことを田沼意次は感心していた。

「分銅屋め、考えたな」

飛脚の歴史は古い。平安のころに京と地方の要地を結ぶ駅が出来、公文書などがその駅と駅を受け渡していく形で移送された。それが戦国になると、大名が領地、あるいは同盟を結んだ相手との遣り取りを目立たぬ山伏や僧侶に託した。やがて徳川が天下を取ると、幕府が京と江戸を結ぶ御用飛脚を始め、それに倣って大名が江戸と国元を繋ぐ継飛脚を設け、万一をすばやく報せられるようにした。

庶民に飛脚が使われるようになったのは、元禄以降のことだ。とはいえ、最初は決まった日に決まった場所へ向かう、例えば、江戸と大坂を毎月十日毎に往復するなどのような定期便であった。多くの荷物を一度にまとめて運ぶ。こうすることで経費を削減し、人が多くなることで盗賊などの被害を減らす。飛脚というより、荷運びに近かった。

個人が好きなときに、求めた場所へ飛脚を走らせるようになったのは、最近である。仕立て飛脚と呼ばれるこれは、その費用の高さからよほどの金持ちでもない限り使えなかった。

「屋敷に飛脚が来るのはそう再々はないが、珍しくもない。なにより、飛脚の後を付けても意味はない。誰からの書状かさえわからないのだ。これはいいな。これは分銅屋への見方を少し上方へ修正せねばならぬ」

田沼意次が書状を開いた。

「……ほう」

読み終えた田沼意次が小さく声を漏らした。

「諫山と申したか、あの浪人に絡んだ武家二人、その夜の盗賊騒ぎ……たしかに分銅屋だけでは、動きにくいか」

　田沼意次が独りごちた。

「会って話がしたいというのも無理はない。かといって、屋敷には呼びにくい」

　新たな寵臣として、将軍家重の信頼を得ている田沼意次のもとには、誼（よしみ）を通じたいと考えている者が日参してくる。

　そのすべてと会い、贔屓（ひいき）や差別をしないようにしないと、迂闊な好悪は田沼意次の足を引っ張る。

　会えなかった、会えたがすぐに帰されたなど、他人に比べて扱いが悪いと感じた者が敵に回るのだ。

「どうでもいい連中より、分銅屋との話が大事だが……」

　出世していく者には、そのおこぼれに与（あずか）ろうという者と、なんとかして邪魔してやろうという者の二つが出てくる。

　田沼意次の出世を快く思っていない者は多い。なにせ、出が紀州家の浪人なのだ。譜代大名だとか、三河（みかわ）以来の名門だという旗本からみれば、どこの馬の骨かというところでしかない。

その得体の知れない田沼意次が、将軍家お側御用取次などという、側近中の側近を務めている。

お側御用取次は八代将軍吉宗によって設立された役目で、まだその歴史は浅い。おおむね数千石から五千石ほどの旗本が任じられ、やがて側用人へと転じていく。

側用人は、その名前の通り、将軍の近くに仕え、公私にわたって手助けをするのが仕事である。それだけに気働きができなければならず、側用人は将軍の寵臣たるにふさわしい能力を求められるが、それだけに出世もある。老中、若年寄も夢ではない。

紀州の浪人上がりが、老中となって大名の上に君臨する。それが我慢できないという者は多かった。

「敵を増やす意味はないな」

端から田沼意次の人柄や能力ではなく、その出自が気に入らないとあれば、どう努力しても味方にはできない。役人としてやっていくならば、敵よりも味方が多くなければ駄目である。田沼意次が挨拶に来るすべての人と顔を合わせ、話をしているのはそのためであった。

「かといって、余がまた分銅屋へ行くわけに参らぬ」

金のことを学ぶために、田沼意次は分銅屋を訪れた。そのときの応対を気に入り、吉宗からの遺命にもかかわらせている。もちろん、御用達などの表看板は与えていない。ただ偶然通りかかった両替商に立ち寄っただけという形を取っている。

「分銅屋とのかかわりをこれ以上見せるわけにはいかぬ」

幕府の経済を米主導から金主体に代える。これが吉宗から田沼意次へと命じられたものだ。武士がこの世に登場して六百年以上、ずっとその価値基準であった米を、金にするなど、すさまじい反発を受けるのはあきらかであった。

まさに大波に揺られる小舟状態といえる。これから先、少しの傷でも、それを拡げて、田沼意次の失脚に繋げようとする者はいくらでも出てくる。

そういった連中にしてみれば、田沼意次本人だけでなく、その周囲にいる者すべてが、敵であり獲物になる。

田沼意次の親子、兄弟、家臣、友人、そして分銅屋仁左衛門のような知人。そのすべてが、敵にとって攻撃すべき目標である。

なかでも分銅屋仁左衛門は田沼意次と違って町人でしかなく、攻撃がもっともしやすい。

多少のことならば、武士と町人という身分差がもみ消してくれる。

「どこまで分銅屋に話すか」

当初、田沼意次はどこまで分銅屋仁左衛門に話をするか、かなり悩んでいた。これは田沼の弱点だと狙って来る者を増やさないためであった。

「分銅屋仁左衛門を堂々と懐に入れてしまうという手もある」

田沼家出入りの看板を渡せば、田沼意次と分銅屋仁左衛門がいつ、どこで、どうやって、どれだけ長く話をしていても問題ではなくなる。

「だが、それは最後の手だ。手の内を知られていなければこそ、打てる手もある」

田沼意次は考えていた。

「……武士と町人が出会っても不思議ではない場所……ふむ。吉原かの」

吉原は幕府が唯一認めた遊郭であった。初代吉原惣名主の庄司甚内が、関ヶ原の合戦に向かう徳川家康をねぎらうため、遊女数名を品川で待機させ、茶の湯の接待をさせた。

関ヶ原の合戦に大勝した家康はこれを褒め、庄司甚内をして江戸中の遊郭を取り仕切るようにさせた。それにしたがって、庄司甚内は江戸中の遊郭を茅場町に集め、吉原を開いた。後、明暦の大火で江戸中が焼け落ちたとき、江戸城大手門に近い茅場町に悪所があるのは芳しからずとして、かなり遠い江戸郊外の浅草田圃へと移転させられた。

さすがにそこまで遠くにやられると、わざわざ遊びに行くのも面倒だとかなり客足は鈍くなったが、それでも人の寄る場所には違いない。

また、吉原のなかは苦界とされ、俗世の身分は通用しない。大名であろうが、大工であろうが、同じ男として扱われる。吉原でものを言うのは、ただ一つ、金だけであった。

「そうするか。次の非番は明後日だな。明後日の昼八つ（午後二時ごろ）に吉原の三浦屋で待ち合わせとするか」

日取りと場所を決めた田沼意次は、書状をしたため、用人に飛脚を使うように命じた。

「はい」

主が無駄なことをするはずはない。用人はすんなりと受けた。

「今度は誰だ」

田沼意次が控えている近侍に尋ねた。

「木挽町にお屋敷を持つお旗本の井村弓ノ進さまでございまする。井村さまは小普請組で六百石をお取りで」

「お通しせよ」

説明する近侍に、田沼意次が促した。

「はっ」

一礼して近侍が下がり、すぐに壮年の旗本を案内して戻って来た。

「お初にお目にかかりまする。井村弓ノ進でござる。この度はお目にかかれ、まことに有りがたく存じまする」

井村弓ノ進がていねいに挨拶をした。

「当家の主田沼主殿頭意次でござる。わざわざのお見え、かたじけない」

身分がうえになる田沼意次は軽く頭を傾けるていどで応じた。

「御用のおもむきは」

「我が井村家は、徳川にお仕えすること八代、三河以来の譜代でございまする。先祖は小牧長久手の戦いで、功をあげ六百石という恩をいただきましたが、それ以降活躍の場に恵まれませず……」

問うた田沼意次に、井村弓ノ進が延々と先祖の経歴から語った。

「………」

人を惹きつけるには、その話を聞くというのが重要であった。田沼意次は口を挟まず、興味を持っている振りを見せながら、井村弓ノ進が話し終わるのを待った。

「……つきましては、わたくしに御奉公の機をお与えいただきたく、お願いに参った次第でございまする」

ようやく井村弓ノ進が用件を口にした。

「失礼ながら、井村どのは、武芸についていかがでござろうか」

「剣と槍ならばいささかの心得がございまする」

井村弓ノ進が胸を張った。

「しかし、この歳で大番組や先手組などは、ちと……」

大番組も先手組も戦場での槍働き、弓働きが仕事である。泰平の今、戦働きはなく、江戸城の門衛などが主たる仕事になっているが、それでもいざというときに困らないよう、一定の鍛錬はしなければならない。

「では、算盤はお使いになれるかの」

勘定はできるかと田沼意次が問うた。

「あいにく算盤は持ったこともございませぬ」

井村弓ノ進が首を横に振った。

「ふむう」

田沼意次が唸った。

「なにか井村どのはこれと思われるお役はござるか」

適性がないにも等しい。田沼意次は本人の希望を訊いた。

「当家は三河以来の譜代でございますれば、できれば上様のお側にお仕えいたしたく、小姓番か小納戸を」

井村弓ノ進が願った。

小姓番は将軍最後の盾とされている。御休息の間に詰めて将軍の身辺を警固するだけに、信頼の置ける家系でなければならず、三河以来の譜代だというだけでは、難しい。

また、小納戸は将軍の洗顔、食事、身形などを担当する。こちらは小姓番よりも格はかなり低く、家柄にかんする条件は緩い。その代わり、将軍のお世話をするために必須の技能を持っていなければならず、就任希望者はまず特技を書いて提出し、実際にその腕を組頭の前で見せなければならなかった。将軍の髷を整えたりすることもあり、世間の床屋並みに剃刀が扱えるくらいでなければまずむつかしい。

さらに小姓番と小納戸には、将軍近くに長く居るという性質上、見た目の相性も審査された。どちらの役目も最終の審査は将軍が自らおこない、気に入らなければはねられる。

「顔が気にいらぬ」

実際、将軍から見た目で就任を拒まれた小納戸候補もいた。

それだけにお気に入りになりやすく、田沼意次の父意行も吉宗の小納戸を務め、出世の階段をかけのぼった。

「せっかくだが、小姓も小納戸も、今は空きがない」

幕府の役職には定員が有り、欠員がなければ基本として募集はない。

「そこをなんとか、主殿頭さまのお力で」

述べた井村弓ノ進が、懐から袱紗包みを出した。

「こちらをお納めいただきたく」

「ごていねいなことだ。拝見いたしても」

露骨に田沼意次が金額を確かめたいと求めた。

「どうぞ」

「……ほう、二十金でござるか」

袱紗包みを開けた田沼意次が数えた。

六百石の年収はおおよそ金にして、二百七十両ほどである。このなかから家臣たちの給金を出し、屋敷と体面を維持した上で生活をしなければならない。二十両を捻出するのは、かなり難しい。

「いかがでござろうか」

「はっきりと申しあげて、これで小姓と小納戸は難しゅうござる。これでご推薦できるのは、駿河城代番か、大坂城代番」

田沼意次がとても足りないと首を横に振った。

「それは困りまする」

ともに遠国役、しかも平の番士である。六百石の井村としては納得できなかった。

「いかほどあれば……」

金額を井村弓ノ進が問うた。

「さようでござるな。小姓ならば百五十金、小納戸は百二十金」

「百五十両……」

用意した金の八倍近い数字に井村弓ノ進が目を剝いた。

「なにぶんにもお役をお求めの方は多うござるでな。本日も、井村どので八人目でござる」

「八人……」

井村弓ノ進が絶句した。

「なにせ、幕府のお役は端役まで含めても旗本御家人の総数の三分の一もござらぬ。旗本八万騎とすれば、五万近くが無役になる勘定」

競争は激しいと田沼意次が述べた。

「六、六十両ならば用意できまする。それならば……」

井村弓ノ進が尋ねた。

「ふむ。それならば書院番ではいかがでござるかの。本来ならば百金はかかりましょうが、そこは井村どのの熱意に感銘をうけましたのでな」

書院番は小姓番と並んで両番と呼ばれる名誉ある役目である。ただ、小姓番と違い、書院番は将軍外出の警固、江戸城諸門の警衛を任とするため、江戸城から将軍が出なくなって久しい今では、閑職に近い。

「書院番でございまするか……」

「ご不満であれば、他の御仁をお頼りあれ」

「よしなに。なにとぞ」

文句があるなら、他の者を推薦するぞと匂わせた田沼意次に、井村弓ノ進が慌てた。

「では、六十金をお持ちいただいたら、推挙をいたしましょう」

田沼意次が二十両を己のほうへ引き寄せた。

「あっ……」

一瞬井村弓ノ進の手が伸びたが、すぐに力なく下ろされた。

「では、次のお方がお待ちゆえ」

さっさと帰れと田沼意次が急(せ)かした。

「……厚かましいにもほどがある」

井村弓ノ進が出ていった後で田沼意次が嘆息した。

「たしかに運悪く役目にありつけないこともあろうが、八代無役というのは、それだけの努力を怠ってきた証ではないか。訊けば、武芸は得意でない、算盤は使えない、それでどうやってお役に立つと言うのだ」

田沼意次があきれた。

「まあ、あの手の輩が来るようになったというのは、余が金次第で役目を斡旋(あっせん)してくれるという評判が広まっていると」

満足そうに田沼意次が笑った。

「殿、次のお方をご案内いたしても」

近侍が問うた。

「よいぞ」

さっと田沼意次が気分を変えた。

二

佐藤猪之助は、町奉行所同心控えで筆頭同心から見せられた似顔絵に見覚えを感じていた。

「これは臨時廻り山中が分銅屋付近で見かけた者である。分銅屋の用心棒から聞き取ったものをもとに人相書きを作っていたところ、偶然、よく似た者を見つけ、誰何したところ逃走いたしたということだ」

そこで一度、全員の反応を筆頭同心が見た。

「よく覚えたか。逃げたということからもわかるように、その者が分銅屋の用心棒を脅した者に違いないと思われる。見かけ次第、捕らえよ」

筆頭同心が命じた。

「……これは」

佐藤猪之助は、似顔絵の一人が先日の徒目付だと知って目を剝いた。

「おい、佐藤」

その佐藤猪之助に筆頭同心が話しかけた。

「わかっているだろうが、そなたは浅草に近づいてはならぬ。己の見廻り地域だけで探せ。決して分銅屋へ近づくでないぞ」

筆頭同心がしつこく釘を刺した。

「重々承知しておりまする」

佐藤猪之助がうなずいた。

「では、行け」

手を叩いて筆頭同心が、一同を励起した。

「ふん」

外へ出た佐藤猪之助が鼻を鳴らした。

「かかわるなというならば、黙っていてやるさ」

佐藤猪之助は、似顔絵の人物が徒目付安本虎太だということを筆頭同心に告げる気を完全になくした。

「どうせ、長歳(ちょうさい)できねえんだ。どうなっても知ったことか」

「旦那」

呉服橋御門を出たところで、配下の御用聞き五輪の与吉が待っていた。

「奉行所にいねえから、今日は来ねえのかと思ったぜ」

「ちいと居づらいので」

五輪の与吉が、頭を掻いた。

いつもなら同心控えの隣の土間で待機している五輪の与吉がいなかったことに佐藤猪之助は気づいていた。

諫山左馬介は、佐治五郎の姿を見て以来、周囲への警戒を厳しいものにしていた。店の見廻りも一刻に一回はかならず、しかもかなり離れた辻まで見張りがいないかどうかを確認するという念の入れようであった。

「精が出ることだ」

深夜の見廻りをしていた左馬介に声がかかった。

「村垣どのか」

頭巾越しにくぐもってはいたが、すぐに左馬介は気付いた。

「無駄なことをよく繰り返せる。用心棒とは根気の要るものだ」

村垣伊勢が左馬介をからかった。

「無駄ではない。分銅屋を見張る目は多い」

左馬介が反論した。

「もうおらぬぞ」

「なにっ。先日の侍もか」

村垣伊勢の言葉に、左馬介が驚いた。

「それどころではなくなったからの」

頭巾越しでもわかるほど、村垣伊勢が口の端を吊り上げた。

「どういうことか」

左馬介が訊いた。

「子細は言わずともわかっておろう。分銅屋は目付に狙われている。先日の脅しをした侍は、その配下だ」

「前に分銅屋を襲った者と同じか。では、あの床下の傷も」

「ほう、それくらいわかるようになったか」

思いあたった左馬介に村垣伊勢が笑った。

「…………」

馬鹿にされた左馬介が鼻白んだ。

「拗(す)ねるな。男が拗ねてもうっとうしいだけだ」

村垣伊勢が慰めになっていない言葉をかけた。

「……目付はなにもできず帰ったぞ」

左馬介が反論した。

「あのていどで目付があきらめるわけなどなかろう。そのていどの執念では、目付になどなれぬ」

はっきりと村垣伊勢が否定した。

「また来ると、目付が」

「来るだろうな。ただし、今度は探りを入れにではない。言い逃れのできない証拠を持って、分銅屋とそなたを捕まえにだ」

尋ねた左馬介に、村垣伊勢が応じた。

「目付は庶民を相手にせぬのでは」

小さな希望を左馬介は口にした。

「……わかっているのだろう」

冷たく村垣伊勢が言った。

「分銅屋とそなたは、田沼主殿頭を捕まえるための道具。道具ならば手元に置くために取り寄せて当然だろう」

「道具……」

わかっていたことだが、明確に言われて気持ちのいいものではなかった。

「油断するな。町方を呼ぶようなまねはできるだけするな」

すっと村垣伊勢の気配が消えた。

「どうしろというのだ」

言い放って消えた村垣伊勢へ、左馬介は不満を吐いた。


一夜寝ずの番をすませた左馬介は長屋へ戻り、眠りこけていた。

「諫山さま、諫山さま」

穴も開いていない戸障子越しに呼ぶ声で左馬介は目覚めた。

「……ううっ、どなただ」

左馬介は夜具代わりに被っていた綿入れをはねのけながら、誰何した。昨夜の村垣伊勢との遣り取りが気になって眠りになかなか入れなかったのだ。いや、もう一度村垣伊勢が訪ねて来るのではないかと、期待して寝付けなかった。性格はどうあれ、見目麗しい女に違いない。

「喜代でございまする」

「お喜代どの……しばし、待たれよ」

枕などという高尚なものはない。寝起きの髪はすさまじいことになっている。いくらなんでも、このまま女の前に出るのは勘弁して欲しかった。

「お急ぎを。旦那さまが諫山さまをお呼びせよと」

「分銅屋どのがか」

喜代の言葉に左馬介は完全に目覚めた。

雇われている身分としては、主の意向を無視はできない。あわてて左馬介は身形を整え、髪はなでつけるだけで我慢した。

「待たせた」

左馬介は戸障子を開けた。

「……お一人でございますか」

喜代がちらと部屋のなかを見た。

「独り身でござる」

左馬介が答えた。

三食を分銅屋で賄ってもらっている。長屋で煮炊きをすることはない。どころか湯さえ沸かしたことはない。もともと炭を消費する湯沸かしは、浪人にとってかなり贅沢な行為になる。冬でも夏でも、喉が渇けば水瓶の水を柄杓（ひしゃく）で汲んでそのまま飲む。

「お一人でお店へお急ぎくださいませ」

喜代が左馬介の背中を押した。

「お喜代どのは……」

通常呼びに来た者と同行する。左馬介が首をかしげた。

「お掃除とお洗濯をすませてから参りまする」

手早く扱（しご）きを解くとたすき掛けをした喜代が告げた。

「……えっ」

喜代の露わになった白い二の腕に目を奪われていた左馬介は間抜けな返事をした。

「さっさと行ってくださいませ」

喜代が唖然としている左馬介を急かした。

「あ、ああ」

左馬介はうなずいて、分銅屋へと向かった。

分銅屋仁左衛門は田沼意次からの書状を目の前に拡げていた。

「お呼びを受けた」

左馬介が顔を出した。

「すいませんね。お休みのところを」

大事な仮眠の時間を削ったことを分銅屋仁左衛門が詫びた。

「いや、それほどのことがあったのでござろう」

左馬介はかまわないと手を振った。

「昨日出した田沼さまへの手紙のお返事が返って参りました」

分銅屋仁左衛門が、書状を左馬介へ渡した。

「ご覧を」

書状を前に戸惑っている左馬介を分銅屋仁左衛門が促した。

「……吉原で会いたいと」

左馬介が田沼意次の用件を認めた。

「これがなにか」

起こされるほどのことかと左馬介が怪訝な顔をした。

「ああ、そうでございますな。これは、わたくしがいけませんでした」

左馬介の表情を見た分銅屋仁左衛門が一人納得した。

「諫山さまは、接待というものをなさったことがないのでしたな」

「…………」

一人でうなずいている分銅屋仁左衛門に、左馬介は戸惑った。

「田沼さまはお役人でございまする」

「それはわかる」

「お役人と商人が会う。これは接待をするということ。そのための手配は、すべて商人がしなければなりませぬ。ああ、金を借りたいと申してこられたときは別でございますが」

わかっていない左馬介へ、分銅屋仁左衛門が説明を始めた。

「吉原に行かれたことは」

「登楼はしていないが、何度か見物には行ったことがある」

次の問いに、左馬介は答えた。

吉原は浪人だけでなく、庶民には敷居が高かった。

浅草田圃という遠さもその一つだったが、なによりも吉原の格に邪魔された。

吉原は江戸でただ一つ幕府が認めた遊郭である。吉原以外は、すべてが岡場所とされ、御法度になる。つまり、岡場所では機嫌良く遊んでいるときに、町奉行所の手入れを受けるかも知れないのだ。遊女の上で腰を振っているところに踏みこまれたら、いくら客は罪にならないとはいえ、恥ずかしいどころの話ではない。幕府も捕まえられない客への見せしめとして、脱ぎ捨てた衣類や下帯を見世のものあつかいして、取りあげる。そう、踏みこまれた客は、支払った金をあきらめるのはもちろん、裸で道端へ放りだされることになる。

酷いときなどは、無宿者を探すと言って、客一人一人を岡場所前の道で裸のまま、大声で住所名前を叫ばせる。外聞の悪いことこのうえなしである。ちょっとした商家の主など夜逃げものである。

「何々屋は、吉原へ行く金もなく、岡場所へ通って、お手入れに遭ったらしい」

商人にとって金がないのは首がないのと同じなのだ。

「お貸ししているお金をお返しいただきますよう」

「現金決済でお願いいたしますよ」

金での信用を失った商人は終わる。当初は備蓄などでしのげても、いつかは無理が来る。

それでも岡場所は流行っていた。岡場所が町奉行所に鼻薬を効かせているというのもあるが、その最大理由は吉原は金がかかりすぎるところにあった。

吉原は客と遊女を夫婦に見立てる。

その辺の長屋ならば、好いた惚れたで一緒に住み始める男女もいる。だが、ちょっとまともな家になると、婚姻は個人のものではなくなった。

間に立つ人がいて、まず見合いがあり、続いて交際、そして婚姻という過程を取る。それを吉原は模した。

初見の客は見世に揚がり、女と顔を合わすだけ、声も聞かずに帰らなければならない。これが見合いになる。二回目は話だけしてくれ、これが交際にあたり、三度目でようやくお床入り、初夜を迎える。

男が遊郭になにを求めているかといえば、閨ごとである。その閨ごとに入るまで、二度も無駄足を強いられる。そのうえ、二回とも遊女の揚げ代は払わなければならない。

これだけでも面倒なのに、吉原にはもう一つ決まりがあった。

一度決めた遊女は変更できないというものである。これも客と遊女を夫婦に見立てるという考えに基づいているが、男としてはたまったものでない。

遊女の態度が気に入らなくても、簡単に替えるとはいかないのだ。

こういった決まりが、吉原から客を遠ざけていた。

一方で、吉原見物の客は多かった。

国元から江戸へ出てきた参勤交代の侍や、物見遊山で来た者などは、かならずと言っていいほど吉原の大門を潜った。

吉原には大きな見世物がいくつもあった。

もちろん、一つは遊女である。見世の入り口脇に設けられた格子窓から、その日空いている遊女が客待ちをしている様子を見られる。岡場所と違って、吉原遊女はもっとも格に低い端（はした）といえども、見栄えのいい衣服を身につけている。美しい女を見て、脂粉の香りを嗅ぐだけでも男は楽しい。

なによりが、太夫道中（たゆうどうちゅう）であった。吉原には松の位、十万石の大名に匹敵すると嘯く（うそぶく）高級な遊女がいた。これを太夫と呼び、時代によって違うが吉原全部で五名から十名ほどいた。

太夫はまさに別格であった。見た目が優れているのは当たり前、それだけでは太夫になれない。太夫は上客と馴染みになれるよう、お茶、詩歌、踊りなどに精通した。吉原に入ったときから、太夫になるべく教育され、その立ち居振る舞いはまさに姫といえる段階に達している。当然、太夫と一夜を過ごすとなると十両はかかる。太夫だけの揚げ代は、一両もしないが、姫には付き人が要る。なにせ、見世から一夜を過ごす揚屋（あげや）まで、専用の夜具、枕、ちり紙まで運ぶのだ。そのための人手の金も客が出さなければならない。また、太夫を呼ぶのに、閨ごとだけではすまない。座敷を設け、立派な料理と座を盛りあげる囃子方や太鼓持ちなどの芸人を呼び、客が太夫を接待する。さらに見世と揚屋へ祝儀をださなければならないなど、金は羽が生えたように飛んでいく。

大名、あるいは江戸でも知られた豪商でなければ呼べない、最高の遊女が太夫であった。

その太夫を無料で一般人でも見られる。それが太夫道中であった。

吉原は大門を入ってすぐの遊女見世が並ぶ辺りを江戸町といい、少し奥に入った客が遊女を呼ぶ揚屋が軒を連ねるところを京町と呼んだ。

客に買われた太夫が、江戸町の見世から京町の揚屋まで移動する。これを江戸から京への旅になぞらえ、太夫道中と呼んだ。

わずか一丁（約百メートル）ほどだが、決して拝めない天下の美姫を見物できるとあって、太夫道中は吉原の名物となっていた。

「太夫道中をご覧に」

「いかにも。見るだけならばただでござれば」

訊かれた左馬介が苦笑した。

「では、吉原で遊ばれたことはないと」

「ござらぬ。吉原では端女郎でさえ、ひとしきり数百文かかりましょう。それだけあれば、三度の飯が十分に賄える」

確認した分銅屋仁左衛門に左馬介がうなずいた。

「では、岡場所に」

分銅屋仁左衛門がさらに突っこんできた。

「……さようでござる」

左馬介が認めた。

岡場所も遊郭であるが、その費用は吉原の半分ほどですむ。なにより、三度も通わずとも、その日のうちにことをすませられる。また、特定の女を相手にし続けなくてもいい。

吉原の客が減るのも当然であった。

「なるほど。では、ご存じなくて当然でございますな」

分銅屋仁左衛門が理解した。

「吉原、それも三浦屋といえば、名の知れた見世でございまする。いきなり訪れて、接待をといってても応じてはくれません」

「それはわかり申す」

廓で知れた見世でも、女の数に限界はある。一夜に数人の客を相手にする端女郎ならまだしも、分銅屋仁左衛門や田沼意次などの上客ともなれば、一夜一人の遊女を買い切ることになる。さすがに明日いきなりいって、女が空いているとは思えなかった。

「どうするのだ」

左馬介が尋ねた。

「今から行って、話をしてくるしかありませんよ。まったく、田沼さまもこういったところはご存じないようで」

分銅屋仁左衛門がぼやいた。

「まあ、無理はございませんがねえ。倹約の今、吉原へまともなお武家さまは行かれませんし。単に武家と商家が顔を合わせても問題ないというところで、吉原を選ばれただけでございましょうし」

愚痴を言いながら、分銅屋仁左衛門が立ちあがった。

「喜代、喜代、出かけるから用意をお願いするよ」

分銅屋仁左衛門が手を叩いた。

「……あれ、聞こえなかったのでしょうかね」

喜代の返事がない。分銅屋仁左衛門が首をかしげた。

「あの……お喜代どのだが……」

左馬介が口を挟んだ。

「さようでございましたか。いやいや、結構でございますとも。そうですか、喜代が自ら言い出したとは」

何度も分銅屋仁左衛門が首を縦に振った。

「すまぬことでござる」

「いやいや、お気になさらず」

分銅屋仁左衛門が構わないと許可した。

「では、吉原まで参りましょう」

手早く身支度を調えた、分銅屋仁左衛門が促した。

三

芳賀と坂田の二人は、田野里の屋敷を訪れた。

「お目付どのが何用でござろうや」

田野里が怯（おび）えていた。

「先日の上意討ちのことだ」

役儀をもってと前置きした二人は、上座に立ったままで、下座に手を突いている田野里を見下ろした。

「どうして家臣を討った」

芳賀が問うた。

「無礼をいたしたからでございまする」

「どのような無礼であるか」

「主であるわたくしに無礼を働きましてござる」

「では、なぜ、その場で討ち果たさなかった」

「重代の家臣でありましたゆえ、叱りおき反省すれば知行減などで許すつもりでおりましたが、その温情を理解せず、逃げだそうといたしましたので」

芳賀の質問に、田野里が答えた。

「偽りではなかろうな」

坂田が念を押した。

「ございませぬ」

田野里が否定した。

「分銅屋を知っておるな」

「……存じておりまする」

不意な芳賀の発言に、一瞬間をおいた田野里がうなずいた。

「ほう、知っている。金でも借りておるのか」

「いいえ、先日の一件で迷惑をかけたと南町奉行山田肥後守どのより伺いましてござる。もちろん、分銅屋を訪ねたことも会ったこともございませぬ」

田野里が応じた。

「違いないな」

「ございませぬ」

事実だけに田野里は胸を張って首肯した。

「田沼主殿頭とはどうだ」

坂田が田野里をじっと見た。

「お側御用取次の田沼主殿頭さまとは親しくしていただいておりまする」

田野里が落ち着いて認めた。

「主殿頭からなにか言われてはおらぬか」

「…………」

重ねた坂田の尋問に、田野里が黙った。

「いかがいたした」

ぐっと芳賀が身を乗り出した。

「………」

田野里は沈黙を続けた。

「どうした、申せ。申さぬとあれば、評定所へ呼び出すことになるぞ」

坂田が脅した。

評定所は幕府の政にかんする重大事を老中、寺社奉行、勘定奉行などが集まって話し合う場所であると同時に、大名、旗本を糾弾する場所でもあった。

評定所へ呼び出された者はまず無罪放免にならないと言われており、大名、旗本から怖れられていた。

「じつは、田沼主殿頭さまより、拙者をお役に推薦くださるとのご内意をいただいておりまする」

ようやく田野里が話した。

「役目に推薦するだと」

「なに役だ」

芳賀と坂田が怪訝な顔をした。

「それはちと差し障りが」

田野里が渋った。

「役儀であると申したはずだ」

坂田が田野里に強いた。

役儀とは目付の権威、すなわち将軍の威儀をもってということになる。旗本には逆らえなかった。

「役儀と仰せならば、やむを得ませぬ」

田野里が嘆息した。

「大坂城代添番心得ののち、空きを見て堺奉行でござる」

「遠国役か」

「江戸から離すつもりだな」

田野里の口から出た役目に、二人の目付が顔を見合わせた。

「なんのことでございましょうや」

「わからぬのか。そなたを江戸から遠ざけ、先日の一件の真実を隠そうと田沼主殿頭はしておるのだ」

怪訝な顔をした田野里を芳賀が怒鳴りつけた。

「はあ」

「利用されたのだ、そなたは。わかっているのか」

間抜けな返事をした田野里を坂田も叱りつけた。

「利用されて腹立たしいであろう。真実を話せ」

芳賀が田野里に迫った。

「腹立たしい……いいえ」

田野里が首を横に振った。

「お役目へ就けていただくのでござる。なにに腹を立てよと」

不思議そうな顔で田野里が続けた。

「それとも、お二人がわたくしをお役に就けてくださるとでも」

「…………」

「それは……」

言われた芳賀と坂田が気まずそうな顔をした。

目付は清廉潔白でなければならない。その目付が誰かの便宜を図るなど、明るみに出たらただではすまなかった。

目付を罷免されるだけではすまず、まず改易は避けられない。場合によっては切腹もありえた。それだけ監察の役目というのは重い。また、そうでなければ他人を糾弾し、罪に問うなど許されない。

「もう、よろしいかな」

田野里が強気になった。

「む、むう」

芳賀が唸った。

「今は退こう」

坂田が提案した。

「今日のところはこれで帰る。また、来るやも知れぬ」

嘆息しながら芳賀が田野里へこれで終わりではないと述べた。

「あと、我らのこと他言無用である」

坂田が付け加えた。

「お目付が来たなどと言いふらせませぬ」

田野里がうなずいた。

目付は就任と同時に、一族とも縁を切る。公明正大を見せつけるためだが、当然冠婚葬祭のつきあいもしない。その目付が旗本を訪問したとあれば、誰もがそういった関係ではなく、役目柄だとわかる。

つまり田野里は目付に目を付けられたとわかるのだ。目付に入られて無事な家はそうはない。親戚や友人でも巻きこまれたくないと縁を断たれることにもなりかねなかった。

「ふん」

不満そうに鼻を鳴らして芳賀たちが去って行った。

「田沼さまにお報せせねば」

田野里は田沼意次の差配で生き残ったとわかっている。もし、己が加賀屋から言われて家臣を刺客に仕立てたとわかれば、切腹は免れない。さらに、役目まで与えてもらうのだ。田沼意次は命の恩人以上になる。当然、それに応じなければならなかった。目付の釘刺しなどそれに比べれば軽かった。目付が来たことをしゃべったくらいでは、せいぜい叱りおくがよいところなのだ。

「すぐというわけにはいかぬな。田沼さまからも期をおいたほうがいいとのお言葉をいただいておる。三日もおとなしくしておけばいいか。それにあまり遅いと役立たずだと思われかねぬ。報告は確実に届くのが絶対だが、早ければ早いほどよい」

田沼意次は田野里が見張られていると読んでいる。すぐに情報が入らないのは痛いが、まったくなしよりはいいと、焦りを禁じていた。

「やれ、目付と申すゆえ、どれほどのものかと思っておったが、なにほどの相手ではなかったの。あれくらいならば、拙者にも務まろう」

田野里がすんなりと帰った芳賀と坂田を嘲笑した。

「そうじゃ、いっそ目付へのご推挙をお願いしてみようかの。お役に就くためとはいえ、遠国は嫌じゃ。上方なんぞ行きとうもない。それに主殿頭さまも目付に儂がいるほうがごつごうよかろう」

すっかり田沼意次の腹心気取りで田野里が一人うなずいた。

田野里の屋敷を出た芳賀と坂田は、少し離れるまで無言であった。

「おい」

芳賀が供をしている小人目付を呼んだ。

「はっ」

近づいて膝を突いた小人目付に、芳賀が命じた。

「何人出してもいい。田野里を見張れ。誰と会ったか、いつ、どこで、どれだけの時間を費やしたかをすべて詳らかに調べろ」

「承知いたしましてございまする」

小人目付が一礼して走り出した。

「まあ、無駄だろう。主殿頭はそこまで甘くなかろう」

簡単に尻尾を摑ませることはないだろうと坂田が期待薄だと言った。

「主殿頭はの。だが、田野里は鼠だ。巣穴を揺らされただけで、大慌てになろう」

芳賀が坂田の考えを否定した。

「鼠ならば、巣穴に引き籠もるぞ」

小さく坂田が首を左右に振った。

「いや、あのていどの策略家を気取った鼠は、根拠のない自信に満ちている。我らを出し抜いたと勝ち誇ってもいるだろうしな。我慢したところで、今日、明日というところではないかの」

芳賀は田野里を小物と断じた。

「なにせ、己が否定すればするほど、なにかあると我らに教えていると気づかぬていどなのだ」

「底が浅い。あのていどだから、ずっとお役にも就けなかった」

断罪する芳賀に坂田が同意した。

「そんなていどの男が、家臣を手討ちにするか」

「せぬだろうな。多少のことならば見逃すだろう、波風を立てまいとして。怒りで斬りつけたら偶然太刀が当たったくらいならばありそうだがな。それでも自ら上意討ちをしたと届け出ることはない。お咎めを受けぬという保証はないのだぞ」

芳賀の問いに坂田が答えた。

上意討ちは基本、主君の権利として認められる。とはいってもなんでもやっていいわけはない。主君と家臣は恩とご奉公で繫がり、主君は家臣の生殺与奪ができた。これを否定すれば、幕府、すなわち徳川家が大名を潰すのも問題になる。だからといって無限大にそのすべてを認めるわけにはいかなかった。

「その顔、気に入らぬ」

「そなたの妻を閨に差し出せ。嫌だというならば……」

いわゆる主君の横暴である。これに逆らったからと言って家臣を好き放題に上意討ちにしていれば、当然反発を受ける。最初は耐えても、続けばいつその災難が己のうえに降りかかってくるかわからない。こう家臣たちが思って、やられる前にやってしまえとなれば、謀反が起こる。

忠義をなによりとしている幕府にとって、謀反ほどまずいものはない。結果、上意討ちだといっても通じない場合が出てくる。

「否定されるかも知れない上意討ちを申し出ただけでなく、それがすんなりと通った。我ら目付の手を経ずに」

芳賀が苦い顔をした。上意討ちかどうかを見極めるのは目付ではなかった。基本として、主君と家臣の問題は、その家中でのものであり、目付は介入できなかった。目付が介入できるのは、老中からの命が要った。

「老中の誰もが疑問を持たなかった。いや、持てなかった。それほどの相手は……」

「上様」

二人が顔を見合わせた。

将軍が上意討ちを認めてしまえば、話はそこで終わる。どれほど目付の権が強くても、将軍の決定を覆すことはできなかった。いや、やろうとしただけでその目付は幕臣たる資格を剝奪された。

「田沼主殿頭は、上様の側近のお側御用取次だ。お側御用取次から老中がたに上様のご台意が伝えられることはままある」

坂田が眉をひそめた。

お側御用取次とは、将軍への目通りを求める者から用件を聞き取り、その是非を勘案するだけの役目ではなかった。ときには、将軍の使者として各所へ指示を伝えることもあった。

「上様はお言葉がご不自由である。その上様が果たして田野里の上意討ちをお認めになられたかどうか、誰にもわからぬ。いわば、田沼主殿頭の恣意でどうにでもなる」

「うむ。やはり田沼主殿頭は君側の奸よな」

「まことにさようだ。聞けば昨今、金をもらって小普請の者をお役に推薦しているというではないか。これはできるだけ早く排除せねば、幕府が腐るぞ」

芳賀の後に坂田が続けた。

「田野里が、田沼主殿頭の意を受けているとしてもだぞ、いつからだと思う」

「あの上意討ち云々からであろう。その前から意を受けていたならば、家臣の死体を浅草あたりで晒すような失態は犯すまい」

訊いた坂田に芳賀が述べた。

「つまり田野里には、家臣を使って分銅屋の用心棒を襲わなければならない理由があった」

「田野里が分銅屋から金を借りているならば、その取り立てに来た用心棒を排除しようとしたということもありえるが、そんなまねをしたら、今頃分銅屋が黙ってはいまい。少なくとも評定所へ訴えが出ていよう」

「それがないということは……」

「分銅屋以外にそそのかされたとしか考えられまい」

二人の話が結論に達した。

「分銅屋と利害関係にあり、田野里との縁がある。それも家臣を刺客として出させるほどの強い影響力を田野里に対し持っている者」

「組頭、一門の本家筋、老中がた」

「ないな。あれば田沼主殿頭との繋がりを許すまい。そのあたりと縁を持っているならば、田沼主殿頭に頼ることなくお役に就いておろう」

「だの。そうなると田野里に無理強いできるのは……」

坂田が芳賀の顔を見た。

「旗本の金を握るのは、札差（ふださし）しかおるまい」

芳賀が答えた。

目付も旗本には違いない。領地からあがる米は札差に頼んで金に換えている。目付は謹厳実直でなければならないが、借財だけは許されていた。これは幕府も旗本の内証が窮迫しているのを知っているからであり、それに対してなんら有効な手立てを打てていないとわかっているからであった。

「ああ」

坂田も同意した。

旗本の借財を容認しているとはいえ、目付が金貸しや両替商などから借財をするのはまずい。目付は旗本の規範でもあるのだ。そう、目付の借財は札差からのものだけが認められていた。

「田野里がどこの札差とつきあいがあるのかを調べねばならぬな」

「浅草蔵米（くらまい）奉行に問えばわかるだろう」

幕臣の扶持米、知行米はすべて浅草米蔵へ集められ、そこから年三度に分けて支給された。

「そんな些細なことに我らは出向かずともよかろう。そのくらい、先日の役立たずの徒目付どもでもできよう」

坂田の意見に芳賀が告げた。

「城に戻り次第、安本と佐治を呼び出す」

芳賀が首肯した。

四

佐藤猪之助はまだ定町廻り同心であった。定町廻り同心は、毎日決まった刻限に、縄張りうちの自身番を巡る。

「大事ないか」

「これは、旦那。おかげさまでなにもございません」

そうそう町内に変化はない。ほとんどがその一言で終わる。これで町内の治安が保たれているのは、それだけよそ者に厳しいからである。

「どこどこの長屋に浪人が一人入ったそうで」

顔見知りばかりの町内に、見慣れない者が来ればすぐに自身番へ届けられる。

「そうか。ちいと顔を見ておく」

報告された定町廻りは、浪人のもとへ行く。

「この辺りを見廻っている町方の者だ。いわずともわかっているだろうが、面倒ごとを起こすんじゃねえぞ」

最初に脅しを効かせておく。

もちろん、すべての廻り方同心がするわけではない。なかには、まったく放置で何かあるまで対応しない者もいる。しかし、縄張りうちでのもめ事は、定町廻り同心の評判にかかわってくる。そして評判は出入り商家の数、すなわち余得の金額に繫がる。

「なになにさまに代わってから、よくなりましたね。おかげで商売もうまくいってますから、少しお礼を増やしましょう」

治安がよくなれば、町内の景気はよくなる。

「どうもあのお方になってから、やっかいごとが増えたねえ。やる気のないお方に金を払うのはちょっと……」

仕事をしていない者への評価は低い。

佐藤猪之助は、まじめな廻り方同心であった。

「ご苦労だったな。一廻り終わった」

「お疲れさまでございました」

佐藤猪之助が同行していた御用聞き五輪の与吉をねぎらった。

五輪の与吉が一礼した。

「少し、やっていくか」

「よろしゅうござんすね」

煮売り屋を顎で示した佐藤猪之助に、五輪の与吉が同意した。

「親爺、酒と肴を見繕いで頼まあ」

五輪の与吉が親爺に言った。

「……まあ、吞め」

「いただきやす」

佐藤猪之助に酒を勧められた五輪の与吉が恐縮した。

「すまねえな。次の者には、続けておめえに十手を預けるように口添えしておくからよ」

年末で定町廻りから外されるとわかっている佐藤猪之助が、五輪の与吉に詫びた。

「旦那……」

五輪の与吉が泣きそうな顔をした。

御用聞きは、町内に付く。同心が浅草から日本橋へ担当替えになったといって一緒に異動しなかった。新しい担当になった同心のもとへ身を寄せることになる。とはいえ、かならず十手を預けてもらえるとは限らなかった。

御用聞きも大きな利権であった。担当の同心からもらえるのは、せいぜい月に一分か二分、小遣い銭ていどでしかない。ただ、十手を持っているという権威に対し、町内からなにかあったときの気配りを求める合力金が出る。町方役人への出入り金と同じようなものだが、金額ははるかに少ない。それでも御用聞きになりたがる者は多い。その理由として、己が十手を持つことで、まず捕まらなくなる。次に町内でのもめ事を治めることで顔が利くようになる。顔が利けば、いろいろな余得が出る。商品を安く買えたり、飲食の代金がただになったり、細かいものまで入れると、かなり大きな儲けが出た。

「おめえは、先代から受け継いだ御用聞きだ。縄張りを手にして長いだろう。この町内のことなら、どこの女中が手代と乳繰り合っているから、どこの猫が子を産んだまで知っている。よほど次が馬鹿か、金をもらってでもいない限り、まずおめえのままいくだろう」

安心しろと佐藤猪之助が述べた。

「悔しいじゃござんせんか。旦那はなに一つまちがったことはなさってないのに……」

五輪の与吉が歯がみをした。

「仕方ねえ。いけると思って突っ走ってしまった報いだ。分銅屋がどれだけ大きな出入りかはわかっていたんだがなあ。殺しなんぞまずねえからな。つい手柄欲しさに目がくらんだ」

江戸の治安はいい。人殺しがあれば十年はその話題で盛りあがれた。

「しかも侍殺しだぞ。見事下手人をお縄にして、南町に佐藤猪之助ありと名をあげて筆頭同心になりたいと思った。筆頭同心になれば、出入り金の分配も増えるし、家禄も少しだけ増える」

町奉行所の同心は三十俵二人扶持が平均であり、そこから臨時廻り同心や、隠密廻り同心、筆頭同心などになれば、三人扶持、五人扶持と加増された。これは相続できないが、親が筆頭同心であれば、子は下積み期間が短くなるなどの配慮を受けられた。

また出入りの大名家や商家から出された金は、一度奉行所へ集められ、身分と役目に応じて分配される。定町廻り同心も大目にもらえるが、筆頭同心ともなれば、かなりの金額になる。それを貯めておけば、隠居してから妾を囲い、小梅村や鶯谷などの閑静なところに住まいを構え、悠々自適な老後を送れる。南北各町奉行所に一人ずつしかいない筆頭同心は、二百四十名いる町方同心の憧れであった。

「功名心なんぞ出すものじゃねえな。定町廻りになれただけで満足すべきだった」

定町廻り同心は各奉行所に六人しかいない。百二十人のなかからたった六人しか選ばれないのだ。それだけの実力はもちろん、上からの引きも必須であった。

「来年からは、始末を始めなきゃいけねえな」

始末とは倹約のことであり、定町廻りから外れた佐藤猪之助の収入は激減すること
になる。

「しかし、悔しいじゃござんせんか。あの浪人が下手人に違いねえのに」

五輪の与吉が唇を嚙んだ。

「誰が下手人かが重要じゃねえ。世間が、いや、上司が納得するのが真実なんだ」

佐藤猪之助が達観を口にした。

「まあ、呑もう」

己の杯にも佐藤猪之助が酒を満たした。

「なるほど、よいことを言う」

「誰だ……おぬしは」

不意にかけられた声に振り向いた佐藤猪之助が啞然とした。

「先日振りであるの」

安本虎太が佐藤猪之助に手をあげた。

「外を出歩いていてよいのでござるか。お手配書きが出回っておりますぞ」

佐藤猪之助が自重しろと助言した。

「大事ござらぬ。我らは徒目付でござる。町方役人に見つかったところでどうにもできますまい」

「確かにさようでございますが」

嘯く安本虎太に佐藤猪之助があきれた。

「どうやら、拙者のことを口にされていないご様子。感謝いたしますぞ」

安本虎太が礼を述べた。

「旦那……」

五輪の与吉が不安そうな顔をした。

「悪い。少し離れていてくれ」

佐藤猪之助が五輪の与吉を追いやった。

「教えてどうなると。町方役人としては終わったも同然でござる。今更手柄も不要」

険しい表情で佐藤猪之助が首を左右に振った。

「拙者のことを報告すれば、より立場が悪くなるからであろうに」

口の端を安本虎太が吊り上げた。

「なっ……」

「南町奉行山田肥後守どのの裁定がすんだ一件を、徒目付に問われたからと相談も報告もなく、分銅屋の用心棒についてしゃべった。それを知られれば、より立場は悪くなる」

「……………」

言われた佐藤猪之助が黙った。

「いやはや賢明な判断でござったぞ。我らもおぬしの名前をお目付さまに報告しておらぬゆえ、無事でいられる」

「なぜ、拙者のことを……」

「あの一件から、拙者は外されたゆえな。外された以上、話をする義務もない」

どうしてだと問うた佐藤猪之助に、安本虎太が告げた。

「なるほど、お互い見捨てられた」

「そうなるな」

佐藤猪之助の自嘲に安本虎太が同意した。

「ならなぜ、今更拙者の前に」

「我らのことを上に話す気があるのかどうかを確かめに来たのと、起死回生の一手を打たぬかとの誘いだな」

「起死回生の一手……」

安本虎太の言葉に、佐藤猪之助が首をかしげた。

「このまま廻り方同心を辞めさせられ、隠居するまで飼い殺しに遭う。それを避ける気はないか」

「そんな方法がござるのか」

佐藤猪之助が身を乗り出した。

「南町で干されるならば、北町へ移ればいい」

「無理を言われるな。北町、南町については、代々の家系で決められている。できぬ相談でござる」

安本虎太の提案を、佐藤猪之助は一蹴した。

「前例がござる」

「……前例」

佐藤猪之助が怪訝な顔をした。

「中町奉行所のことをご存じであろう」

「五代将軍綱吉（つなよし）さまのころにあったという」

確認を求められた佐藤猪之助が答えた。

中町奉行所は、膨張をし続ける江戸の町の治安を南北両奉行所だけで賄うのは難しいとして、元禄十五年（一七〇二）に設立された。しかし、すでに調っていた南北の調和を崩す結果になり、二人の奉行を迎えたものの十七年で廃止になった。

「その中町奉行所が廃止されたとき、ほとんどの与力、同心は大番組や先手組へ配された。しかし、ごく少数が南北両奉行所へ異動した。前例であろう」

安本虎太が語った。

「どうやって北町へ……」

「簡単なことだ。山田肥後守どのは北町奉行の能勢肥後守どのと競い合う相手であろう」

「まさか、先日の浪人者を真の侍殺しの下手人として捕まえて北町奉行所に渡すと」

さっと佐藤猪之助が顔色を変えた。

「それはできぬ。そんなまねをしてみろ。拙者は八丁堀におれなくなる」

佐藤猪之助が言葉遣いも忘れて抗議した。

八丁堀は町方役人の組屋敷のあるところの地名だが、転じて町方役人そのものを指すようになっていた。

「大事ござらぬ。それを表沙汰にせず、裏で能勢肥後守どのにお渡しする。能勢肥後守どのとしては、出世の敵になる南町奉行山田肥後守どのの弱みを握れる。考えてもみよ、すでにあの一件は田野里による上意討ちで老中方も納得されているのだ。そこへ、じつはこうでしたなどと持ち出してみろ。老中方には見る目がないと嘲笑するも同然だぞ」

「……………」

幕臣ぎりぎりといえる町方同心が老中に恥を掻かせる。まちがいなく命はなくなる。

「表にできぬからこその使い方もある。山田肥後守どのが大目付や留守居などへと出世されそうになったとき、老中方の耳に、じつはと囁けばどうなる。恥を晒す原因を作った山田肥後守どのは……」

「出世どころか罷免……」

安本虎太のささやきに、佐藤猪之助が息を呑んだ。

「その切り札を能勢肥後守どのに渡すのだ。喜んで買ってくださるだろう」

政敵の弱点ほど値打ちのあるものはない。まちがいなく能勢肥後守は山田肥後守の失敗を買う。

「それはできるとして、どうやって北町へ移るのでござる」

素直に佐藤猪之助が問うた。

「聞けば町奉行所には隠密廻り同心というのがあるらしいな」

安本虎太が口にした。

徒目付も隠密のようなまねをする。その関係もあって、伊賀者、お庭番にも精通している。当然、隠密廻り同心も知っていた。

「あっ」

それで佐藤猪之助が声をあげた。

「隠密廻り同心は、町奉行直属……」

町奉行の主な役目は江戸の治安と行政、防火である。もちろん、それだけではなかった。

庶民のことを管轄するため、町奉行は町民たちの味方だと思われがちだが、幕府役人なのだ。役人としての最優先事項は、幕府の安泰なのは必然であった。町民たちの不満を知り、それをなくすようにするのも仕事であるが、それ以上に謀反などをおこされないように監視する、抑圧するのが重要であった。なにせ、過去に由比正雪の乱、別木(べっき)庄左衛門(しょうざえもん)の乱など江戸城下で謀反を起こそうとした連中はいる。幸い、そのどちらも開始前に密告者が出て未然に防がれたが、次も大丈夫だとは限らない。

そういった動きを察知するには、庶民のなかへ溶けこむ者が要る。それが隠密廻り同心であった。

その役目柄、誰にでも報告するというわけにはいかず、隠密廻り同心は与力や筆頭同心ではなく、町奉行直属となっていた。

「直属ならば、己で選んで当然であろう」

「……まさに。町奉行からの指名とあれば、誰も文句は言えませぬ」

笑う安本虎太に佐藤猪之助が首肯した。

「隠密廻り同心とはありがたい」

佐藤猪之助が興奮した。

隠密廻り同心は、定町廻り同心のような、縄張りからもらえる余得はないが、町奉行から探索の費用と特別手当が出た。

「だが、そうなるためには……」

「二つのことをせねばならぬのでございましょう」

「ほう、さすがだな」

二本の指を立てた佐藤猪之助に、安本虎太が感心した。

「一つは、侍殺しがあの分銅屋の用心棒だと証明してみせること」

「ああ、でもう一つはなんだ」

安本虎太が興味深げに佐藤猪之助を見た。

「あんたたち二人が南町奉行所に特定されないよう、邪魔することだ。あんたたちが動けなくなったら、おいらの隠密廻り同心就任もご破算になっちまうからな」

本来の口調に戻った佐藤猪之助が、安本虎太を見て唇をゆがめた。

安本虎太と佐治五郎の二人を呼び出したが、御用で出ているとの返答を芳賀は苦い顔で受け取った。

「もう、別の目付が……」

目付が他の目付の仕事を知るのは禁じられている。事情を知っている安本虎太と佐治五郎を使うほうが、機密保持からも無難だと考えていた芳賀たちの計画は初手で躓（つまず）いた。

「やむを得ぬ」

芳賀は安本虎太と佐治五郎をあきらめ、一度目付部屋へと戻った。

「いなかったのか」

坂田が芳賀の雰囲気から悟った。

「ああ、我らがあやつらを放逐してすぐに御用で出かけたままらしい」

問われた芳賀が告げた。

「それほど有能であったかの」

坂田が首をかしげた。

徒目付の数は多いが、有能とされる者は少ない。当然、有能だと思われている徒目付の需要は高い。

「手空きが、あやつらであっただけかも知れぬ」

居ない者は使えない。芳賀はもう安本虎太と佐治五郎のことをあきらめた。

「そういえば、浅草蔵米奉行から報告があったぞ」

「早いな」

坂田の手にある書付を芳賀が受け取った。

「田野里の出入りをしている札差は、加賀屋か」

芳賀が読みあげた。

「田野里の領地が江戸に近いおかげですぐだったわ」

坂田が述べた。

旗本の知行地は幕府領から割り当てられる。幕府領はそれこそ北は奥州(おうしゅう)から、南は九州まで点在している。もっとも徳川家康が豊臣秀吉から関東へ封じられた関係で、関八州に知行を与えられている旗本は多い。田野里もその一人であった。

旗本に与えられている禄は、扶持と知行に分かれる。扶持は玄米の直接支給であり、手当といった感が強い。旗本にとって知行が本禄と言えた。

知行にも二種あり、一つは知行所、もう一つが知行米である。知行所は石高の米が穫れる土地を与えられることで、現物支給である知行米より格が高い。田野里は知行所持ちであった。

大名もそうであるが、旗本も知行所からあがる年貢を金にして生活している。知行所が江戸から遠いなどの場合は、現物である米を輸送していてはその費用で大赤字になってしまう。そのため、知行所の庄屋などが、米を現金に換えて江戸の旗本へ届けている。

しかし、この場合、米の値段がどうしても安くなる。なにせ生産地での売買なのだ。米の溢(あふ)れているところで米を売って高いはずはない。やはり、江戸や大坂などの巨大な消費地で売ってこそ、値段が付くというものである。

知行所から江戸や大坂が十日ほどの距離の旗本のほとんどは、米を現物で届けさせ、札差に扱わせていた。

「加賀屋か、あまり評判はよくないな。禄米(ろくまい)切手や知行所目録を形(かた)に取り、高利で金を貸しているとか」

「今の当主は何代目かになり、あまり苦労を知らぬと言う」

旗本と密接な関係がある札差は、目付の監察対象であった。

「田野里とのかかわりがありそうだな」

「今まで猟官をせず、遊びほうけてきた田野里が、役目を欲しがる。金に困ってのことしか思えぬ」

二人が話を詰めていった。

先祖代々の禄があれば、上役に媚びを売らず、しんどい思いをして役目を果たさずとも食べていける。そんな連中が動き出すとすれば、金しかなかった。

「加賀屋と会うべきだな」

「ああ」

芳賀の案に坂田が同意した。

〈つづく〉

本書は、ハルキ文庫のための書き下ろし作品です。

う 9-4

日雇い浪人生活録㊃ 金の権能

著者 上田秀人
2017年11月18日第一刷発行

発行者 角川春樹

発行所 株式会社 角川春樹事務所
〒102-0074 東京都千代田区九段南2-1-30 イタリア文化会館

電話 03(3263)5247[編集] 03(3263)5881[営業]

印刷・製本 中央精版印刷株式会社

フォーマット・デザイン&シンボルマーク 芦澤泰偉

ISBN978-4-7584-4128-5 C0193

http://www.kadokawaharuki.co.jp/[営業]
fanmail@kadokawaharuki.co.jp[編集] ご意見・ご感想をお寄せください。